# 馴染み知らずの物語

滝沢カレン
Karen Takizawa

ハヤカワ新書 003

# はじめに

小さな頃
ひとりっ子だった私は
いろんなお話を読むのが好きでした。

だけどとびきり集中力のない私は
お話が終わる前に違うお話を読んでしまうんです。

だからいつもお話とお話が混じり合って
わけが分からない終わりを遂げたりします。

でもそんな頭の中で混じり合う物語が
大好きでした。

ひとつの物語に込められた作者さんの思いも楽しめて
頭の中で物語の続きを好きに妄想しながら楽しめて。

画面のない紙と文字だけが伝える景色に
ワクワクします。

文字と文字を合わせることが得意ではないし
感情の繊細さを文字に上手《うま》く変身できるわけでもないです。

でも、ただ書くことが好きです。

ただ、物語を考えることが好きです。

そんな私にとって夢みたいな一冊を作らせていただきました。

全て読むのか
何話かだけ読むのか
そして読むか読まないかは自由にお決めください。

# 目次

本書は世界の名作のタイトルと少しのヒントを元に、滝沢カレンさんが独自の物語をつづっています。

# 九月が永遠に続けば

馴染み知らずの

その日は雲がぎゅうぎゅうに詰まった、窮屈《きゅうくつ》な朝だった。変わらない、朝。鳥の声は私にとってはやかましいアラームに過ぎない。40歳を迎えた私には、朝の時間は清々しいものではなくなってきている。携帯電話には、会社の部下から仕事の連絡が2通。なんとも目の通しがいがない。SNSを一通りチェックするのも朝のお決まりだ。大切な仲間にはいいね♡を必ず押す。

寝息に耳が気付き、振り向くと、隣の枕に私の彼氏。よだれを垂らしながらまだ夢の中にいるようだ。ピチピチに弾けた肌、毛穴ひとつない鼻、見れば見るほど羨《うらや》ましい。そりゃ仕方ない、私と18歳も違うのだから。こんな私に、22歳の彼氏がいる。周りはそんな私をこれぞというほど、羨む。

乾燥で今にも火花が散りそうな長い絡まる髪の毛をむしゃくしゃにまとめながら、1階へと降りる。決まった手つきで、テレビをつける。日付は、9月6日の火曜日、朝の7時3分。あと1時間後に、私の本当の朝が始まる。ここからが自分との戦い。

1時間後。辺りは、コーヒー豆の香りが温かな湯気と共に部屋を舞う。さっきまでとは鬼と女神との差があるほど、髪の毛は巻き髪ポニーテール。メイクもバッチリだ。おまけは、爽やかな朝を演出する薄付きのブルーベリーの香水。これで、私の完成。

「おはよう」

先に降りて来たのは、私の彼氏。曲がり気のない直毛が楽しそうに階段を下るリズムで彼の頭で踊る。寝癖のつかない艶やかな黒髪が、私の目を奪う。顔を洗っていなくても水々しい肌が、朝のリビングを照らすようだ。

「相変わらず、朝からかわいいね」

まるで、自分が男かと思うような発言も、今じゃなんのためらいもなく出てしまう。

「ははっ、あぁ～まだ眠いよ」

「ほら！　今日もお仕事頑張って！」

そう言うと、食卓に座った彼に後ろから抱きついてエールを送る。彼が私の頰に優しくキスをする。フワッと肌から自然に香る赤ちゃんみたいな香りに、私の肌に乗せたブルーベリーの香水はたじたじだ。彼は、22歳にしてゲーム会社のエース。イケメンで頭がよく、会社からはかなり大切にされている。

「あら、かずや、おはよっ！」

「おはよ！　ママ」

かずやは、私と元夫の間に生まれた一人息子。17歳の高校2年生。ママっ子で、私が大好き。

「お、かずや、おはよ！　今日はどんな予定？」

私の彼が息子に話しかける。

「今日は学校終わったら、友達とラングドイルのライブ行くんだー」

「おー、今流行《はや》りの８人バンドか？　へぇいいね！　感想教えてね」

二人はまるで、親子……ではなく、兄弟のよう。仕方がない、息子と彼の方がはるかに歳が近いのだから。私は二人の兄弟のような無邪気な会話をいつもこの対面キッチンの中からコーヒー片手に聴いている。拙《つたな》いラジオのように。～♪

「ってことでママ、今日は晩飯いらないから！」

「ん、あっ？」

たちまちコーヒーの香りと二人の会話で世界を抜けていた自分は我に返る。

「ああ、わかった。気をつけてね？　お友達によろしく伝えてね！」

「みさこ～、鈍感だなぁ。お友達じゃなくて、カ・ノ・ジョ・だろ！」

「いや、ちげーし！！！　変なこと言うな！」

「お、顔あけぇ～!!　照れるなって！」

息子に、彼女か。そういや考えてもいなかった。

「やだ！　そうか、ごめん、かずや！　彼女さんと楽しんでらっしゃいね♪」

「ママまでやめろー！　じゃ、学校行ってきます」

息子は顔を桃みたいにして、バタバタと出て行った。

「いってらっしゃーい！」


玄関から息子を見送る変わらぬ日々。あんなに窮屈だった雲は撤退し、青い色をした空が私に挨拶した。

「今日も秋晴れね～！　よし！　洗濯しよ」

「じゃあ、みさちゃん行ってくるねっ♪」

後ろから、肩に顎を乗せて甘える彼。なんて無邪気で可愛いのだろう。邪魔されたくない、朝のかけがえのない癒しのひととき。

「みさちゃんもお仕事頑張ってね！　今日は夜ご飯、かずやいないから二人だねー！　久しぶりに外食でもしようか？」

「あ、いいねぇ。かずや遅いし、じゃあいつものトルラに19時は？」

「お、もんじゃのトルラか！　いいね。じゃあ夜ね」

そう言うと、彼は私の唇にあったかいキスをして出て行った。まるで、初恋のように胸が弾ける。何度も何度も、子犬のように振り向いて私に手を振る。今にも電信柱に邪魔されそうだ。

「バカだな～、あぶないつーの」

私は笑い混じりのため息をつく。誰もいなくなった玄関から部屋を見ると、私の理想がここには詰まっている。広い玄関、お気に入りの絵、ピカピカに明るいリビング、壁には去年の夏、息子と彼と3人で行ったオーストラリアの記念写真。何度見ても、こだわり抜いた私の一軒家だ。私は鼻歌を飛ばしながら、洗濯や食器の後片付けを風のように済ませる。夜のデートに向けて、お気に入りの赤いセットアップを合わせる。

「よし」

鏡に映る私は、自分が見ても幸せそうだ。ベージュピンクの優しい口紅が、幸せの色をはりきって表現しているようだ。私は家を出た。

私は、大手出版社で働いている。コスメや最新ファッションや雑貨、家電などありとあらゆる角度を、いち早くお届けする日本一の雑誌《Pepula《ペプラ》》の編集長が私。誰が見ても憧れる、存在。唯一の黒幕、〝離婚〟という二文字さえも、私に背負わせればなんだか経験豊富に見えてより一層かっこいいんだって周りは言う。ヒールを鳴らし、会社のエレベーターに乗る。

「編集長、おはようございます！」

「おはようございます！　ステキなお洋服ですね、お似合いです」

「編集長、あとでお話よろしいですか？」

会社に着くなり、信頼感抜群な私は声をかけられずに席に着くことは、もはや不可能。時間も、空間も、みんな私の味方に見える。お昼休憩は、仲良しの部下6人を連れて最近できた評判のオシャレカフェへ下見も兼ねて行った。

「編集長、そのバッグ、ルルシャの新作ですか？」

「あぁ、そう、一目惚れしちゃってさ」

「わぁ、めちゃくちゃかわいいです。それなかなか店舗でもお見かけしないデザインなんですよね〜。いいなぁ」

「らしいね。なんか日本で5？　とか4つ？　くらいしかないみたい。もうそんなこと言われちゃ買わない理由見失うでしょ？」

「さっすがー！」

注目されるであろう物は、注目される前に自分の物にするのも、私にとって大切な意気込み。テラスで開かれる日本一イケてるランチは、ここに違いない。携帯電話片手にSNSに流れてくる写真で、より一層自分の存在にホッとする。〝よし、これで今日の私よりイケてるランチしてる人はいない〟って。

　午後も太陽のいるうちに、みんな仕事を済ませていく。あっという間に、時計を見ると18時半を過ぎていた。

「あ！　やばい、ご飯までもう30分だ。じゃあお先ー！」

　私は必要書類をお気に入りのファイルに入れ、ルルシャのバッグにいさぎよくつっこむ。高級なバッグを荒く使うのは、朝飯前だ。

「今日も夕ご飯作りですか？　えらいなぁ」

　部下が隙間なく話してくる。

「ううん、今日はかずやがデートだから、私も彼とデート♡」

「でたあ！　あのイケメン彼氏さんだ！　わぁすてきー。ほんと三枝《さえぐさ》編集長の生き方、憧れます～」

　耳にはしっかり入ってきた。頭で笑うと、聞こえないふりをしてバタバタと出ていった。

エレベーターで、改めて自分の身なりを整える。口紅を塗り直し、香水を放ち、髪を下ろす。

綺麗に整った、自分の顔の部位たちにお礼を胸でささやきながら、待ち合わせ場所に向かった。時刻は19時8分。

「過ぎちゃったぁ〜。先着いてるかな？」

私は慌てて予約名を言うが、彼はいない。

「あれ〜？　いつも18時には終わってるはずなのに。しかもメールも来てない」

私は待った。1時間も、2時間も。時計を見ると、21時23分。肌寒い風が私を包みだした。

私が送ったメールは36件。電話は18回にもなっていた。

「なんで？　なんで、電話もメールも見ないわけ?!」

完璧な今日を送るはずだったのに。こんな予想外な出来事が許せなかった。周りの通りすがりの人々からは、心配そうな視線を感じる。

「んんああ！」

私は崩された1日に我慢できず、早足で家に向かった。着いた家には誰もいない。

「かずやもまだなの？」

私は冷たい手で携帯電話を操作する。〝かずや、何時に帰る？〟。そう送って待った。私の携帯が、鳴ることはなかった。ふと、心配になり私はテレビをつける。夜11時のテレビはニュースばかりでつまらない。携帯電話でＳＮＳをチェックしていると、耳に聞き馴染みのある言葉が入ってきた。

「速報です。今日の夕方、タクシーと乗用車の正面衝突事故が発生しました。タクシー運転手1名、乗客1名が死亡しました。なお、乗用車の運転手は車から逃亡した模様です。ひき逃げ事件として警察は調べを進めています。では、現場から中継です」

「こちら、井戸沼通りと川須賀通りが交差する信号で、夕方頃大きな事故がありました。乗客の美濃川ゆうきさん22歳は座骨を強打し、死亡。運転手の永見ひさゆきさん78歳は鎖骨が腹部に刺さり急死となりました。なお現在、ひき逃げの疑いがあるため警察は……」

ぴたりと身体《からだ》が止まった。ちゃんと目で確認したいのに震えて動かない。〝美濃川ゆうき〟。彼の名前に間違いない。22歳という年齢も。確かに、私たちが今日待ち合わせ場所にしていたお店に向かうための道路の名前も間違ってない。全てのピースが揃《そろ》っているのに、怖くて目が上がらない。だから私は、テレビを消したんだ。息子は連絡が通じないまま、待っても待っても帰ってくることはなかった。私を同時に襲う悲劇に、頭は動くことをやめた。

どうして？　朝は、あんなに明るかったのに。毎日があんなに輝いていたのに、どうして？　私の人生って何？　瞼《まぶた》が閉じていく。

＊＊＊

その日は雲がぎゅうぎゅうに詰まった、窮屈な朝だった。変わらない、朝。鳥の声は私にとってはやかましいアラームに過ぎない。40歳を迎えた私には、朝の時間は清々しいものではなくなってきている。携帯電話には、会社の部下から仕事の連絡が2通。なんとも目の通しがいがない。

ん？　何かがおかしい。これ、昨日の私？　私は、機敏に振り向いた。そこには、昨日の彼がいた。

え？　そう、よだれを垂らしまだ夢の中にいる彼だ。昨日が私の夢？　今が現実なの？　彼の死亡事故は？

私は乾燥で今にも火花が散りそうな長い絡まる髪の毛をむしゃくしゃにまとめながら、1階へと降りる。そして、テレビをつけた。日付は、9月6日の火曜日、朝7時3分。私は昨日にいる。全く同じ情報がテレビではまるで初出しのような素振りで流れていく。私は息子の部屋へ向かった。ドアを勢いよく開けると、息子がいない。え？　やっぱり、現実？　私は冷や汗が身体の毛穴がある場所全てから止まらなかった。慌てる身体、心拍の速さにおいつかない呼吸。いっそのこと、息が止まってほしいくらい。私は整わない呼吸のままリビングへ戻った。

バタン。ドアを開けると、そこには息子と彼が昨日と同じ向かい合わせでライブの話をしている。

「今日は学校終わったら、友達とラングドイルのライブ行くんだー」

「おー、今流行りの８人バンドか？　へぇいいね！　感想教えてね」

耳が知っているこの会話。続け様に聞こえてくる会話。

「ああ、わかった。気をつけてね？　お友達によろしく伝えてね！」

「みさこ〜、鈍感だなぁ。お友達じゃなくて、カ・ノ・ジョ・だろ！」

「いや、ちげーし！！！　変なこと言うな！」

「お、顔あけぇ〜!!　照れるなって！」

私の身体は、冷や汗から鳥肌に変身した。足がどうも震える。だって、台所にこの私がいるのだから。笑って、当たり前のように会話にはいっている。じゃあ、私は？　これが夢？

私の頭の中の思考経験にこんなことを考えられる部屋はない。心はこんなに私であるのに、息子も彼も見ているのは台所のキラキラした私。この私は、まるで色のない私のよう。胸が苦しい。辛《つら》い。私の幸せで、誰にも取られたくない時間だったのに。意識が薄らぐ。目の前に霧がかかり、みんなの笑顔が遠く薄く溶けていくように——。

＊＊＊

どれほどの時間がたったのだろう。目を開けると、水にシミをつけられた天井が見える。すごく嫌な柄。でもなぜか、驚かない。昔から知ってるような部屋。身体を起こすと、時計は3時をさしている。一体、昼なのか夜中なのかもわからない。窓には、光を一瞬たりとも仲間にしない分厚いカーテンがやっつけのように垂れ下がっている。

「あ、お目覚めですか？」

「え？」

背中の方から朝の鳥みたいな声が聞こえてくる。高い。耳が嫌がる。でもなんだか瞬発力が出ずに布団に佇《たたず》む。お茶をいれる音が聞こえると、足音が背中から肩に近づいてくる。

「はい、どうぞ。お目覚めのほうじ茶です」

違和感なくほうじ茶に手をのばす自分がいた。

「あなたは、誰ですか？　ここはどこですか？」

「私は飯田です。そして上田さん。あなたの名前は上田のりこさん。ここは、上田さんのお部屋ですよ」

「私？　私は上田じゃないですよ」

「上田さん、また三枝みさこさんのことを？」

「え？　なんで、っていうか、私が三枝です」

話の通じないおばさんだな、と少し苛立《いらだ》った。

「じゃあ、またお話ししましょうか」

「へ？」

「あなたのお名前は上田のりこさん。三枝みさこさんはあなたではないの。三枝さんは6年前に亡くなったんですよ。その上、上田さんと三枝さんはお知り合いでもないんですよ」

何を言い出すかと思ったら、このおばさんは私を騙《だま》すにしても下手すぎる。私は喉で笑った。

「何を言ってるんです？　勝手に私を殺さないでください。私はここにいまっ……！」

ふいに正面に顔を戻すと、電源のついていないテレビに私の顔がうっすらと反射していた。

私の顔は、三枝みさこではなかった。見たこともない顔が反射している。

「はい、上田さんどうぞ」

私のあまりに驚いた表情を察したように、おばさんはエプロンのポケットから小さな手鏡を渡してきた。震える左手をどうにか顔の側にあげ、鏡を覗《のぞ》いた。ギョッとした。声が……

詰まる。声より先に吐きそうになる。おばさんが、慣れたように手鏡を取りポケットに戻す。

「上田さんはね、イラストレーターだったんですよ。ある日、雑誌の一ページに三枝みさこさんのインタビュー記事を見つけたんです。上田さんが三枝さんをお知りになったきっかけです。夢中だったんです、三枝さんに。きっと上田さんと三枝さんはお歳も同じ、バツ1でお子さんもいてって、境遇が似ていたんですね」

私は黙って聞き入った。先が知りたくて、たまらなかった。

「その日から、上田さんは狂ったように三枝さんを調べたり、気にされるようになりました。SNSを四六時中見ては、三枝さんの持ち物や行った場所全てを真似するようになっていきました。もちろん、お仕事なんて放り出して」

「……でも私にも子供がいたんですよね。その子は？」

「三枝さんはSNSによく息子さんを載せていましたからね、上田さんにも息子さんがいらしたからよくその写真の真似をして、息子さんを連れ回していたみたいですよ」

「いま、わ、私の息子は……？」

「上田さん、落ちついてくださいね。上田さんは、三枝さんに依存してしまったんです。とても長い月日でした。でも6年前に三枝さんは亡くなりました。上田さんがご自分のことを三枝さんだと思うようになってから事態は急激に進んでいって……」

「私が……殺したんですか？」

「……ええ。ある朝のことでした。上田さんは三枝さんのご自宅に侵入し、隠れて見ていたんです。三枝さんが一人になったのを確認して……上田さんが……」

私の頭に三枝みさこの自宅が広がる。あの日、あの会話。全てが頭に浮き出してくる。

「私が殺したんですね、自分を自分で」

「自分……まぁあの時の上田さんは完全に三枝さんだと思っていましたからね。上田さんは三枝さんのお付き合いされていた方も計画的に車によって事故死させたんです」

「なぜ？　なぜ、三枝みさこの彼まで私は殺したの？」

「上田さんは、三枝さんになりたくて三枝さん周りにも侵入していました。もちろんその中に彼もいた。上田さんは美濃川ゆうきさんに何度もアタックしました。でも美濃川さんはあなたに冷たくした、何度も。それに腹を立ててたんじゃないですか。上田さんは、自分で一から三枝みさこを演じようとしていたんです」

私の目からは、予定のない涙が溢《あふ》れ出す。一滴一滴が、もう誰の涙かわからないほどに。

「そしてあなたは警察に捕まるまでの約2年間、三枝さんの息子さんを自宅に監禁しました。周りには、行方不明とされていました。お母さんも仲の良かった美濃川さんも亡くなったからだと噂されていましたが。上田さん、あなたは約2年間、三枝みさことして生活をしていました。想像が作り出した美濃川さんと監禁している三枝さんの息子さんと。毎日毎日あなたが見た、あなたが侵入した9月6日を繰り返していたんです」

私の頭が、シャッターを切るように記憶を呼び起こした。私は毎日毎日毎日9月6日を繰り返していた。染み付いた脳、身体は、捕まってからもそれを頭で繰り返していた。私に明日なんかない。

「それで、上田さんの本当の息子さんは、あなたが三枝みさこさんとして生活し始めた時にもう、戸籍から外れていました。警察に言うこともなくあなたと縁を切り、姿を消しました。未だに、名乗り出てきません」

喉が痛くてたまらない。詰まった涙があまりに渋滞するから喉から涙が出てきそうだ。

「長くなりましたが、それで4年前、あなたは逮捕されました。三枝かずやさんは精神科に通いながら、今はもう普通に生活できるようになりました。上田さんは、極度の妄想のめり込み障害と診断され、ここで治療しているんです。ご理解できましたか？」

黙って、頷《うなず》く。それしかできなかった。

「ちなみにこのお話は、今週だけで4回目ですよ。深い眠りにつくたびに、上田さんはあの日の三枝さんになってしまうんです」

「え。私、どうしたら。どうしたら私は私になれますか?」
「それを、今治療しています。色々な薬や生活を変えて、少しずつ経過をみて頑張りましょう。ただ、どんな病気であれ上田さんがしたことは、大きな犯罪です。それはしっかり償《つぐな》っていきましょう」
「……はい」

自分はあと何回寝たら、上田のりこが返ってくるのだろう。本当の明日は、私に来るのだろうか。ふと、机の上に置かれた携帯電話。待ち受け画面には、私だけが笑っている画像。誰も隣にいないのに、私は腕を組んでいるポーズ。後ろには笑顔なんて当分しないような、暗い暗い顔をした三枝かずやが立っている。私の頭の記憶では、幸せいっぱいに笑ったかずやと美濃川ゆうきしか知らない。自分の本当の息子の顔は、今も、思い出せない。目を閉じるとまた私を見失いそうになることが怖くて、辛くて、悲しくて。地獄を身で体験しているようだった。

長い長い長い治療は、私が私になるまで終わることはなかった。遠い昔に置いてきた、上田のりこ。一体、私って、上田のりこって、まだこの世のどこかにいるのかな、って毎晩考えた。無の私が彷徨《さまよ》う。この地球で。

＊＊＊

瞼を閉じて、開けると、また涼しい季節がやってきた。私は86歳。法が決めた刑を私は生きている間に務めることができ、今日出所することになった。封鎖された世界から、人が自由に移動する世界に、なんだか、やっと、やっと戻ってこられたような気がする。久しぶりの空はやっぱり美しかった。もみじが夕焼け色している。

上田のりこはもう離さない。三枝みさこ、私が壊した三枝みさこは戻らない。きっと何をしたって、一生許されないことをした。手放した幸せはもう私には振り向かないだろう。でも、ひとつだけ私にも幸せが来てくれたのだ。

そう、私が空を見上げた今日は、９月７日だった。

オリジナルはこんな物語です

## 沼田まほかる『九月が永遠に続けば』（2005年）

41歳になる水沢佐知子は、医師である夫・雄一郎と離婚し、高3になる息子・文彦と二人で暮らしています。佐知子は元夫の娘・冬子がつきあっていると聞かされた自動車教習所の25歳の教官・犀田《さいだ》と気づけば関係を持つように。ある晩、ゴミ捨てに出た息子がそのまま帰ってこなくなります。愛人だった犀田も電車にはねられて死亡。佐知子のまわりで次々と不幸な出来事が起き、雄一郎の後妻・亜沙実らの複雑な人間関係が明らかになって……。

イヤミス（嫌な後味や表現があるミステリ）の女王とも呼ばれる沼田まほかるさんのデビュー作。ドロドロとした人間関係に息苦しさを覚えながらも、つい覗いてみたくなるサスペンス小説です。カレンさんの作品がフィクションとしての構造を楽しめるものだったのに比べ、原作は現実世界と地続きのいやな感じを味わわせてくれます。

# 妻が椎茸だったころ

馴染み知らずの

それは突然のことだった。いや、僕が脳内で考えることを拒否していたのかもしれない。考えたくない、知りたくない、何も変わることはない。これが僕の三大逃げ言葉だったんだ。

僕の妻が死んだ。突然が、ここには似合わないのかもしれない。なぜなら妻が病気だったのは知っていたから。毎日、病院に通っていた。顔色が雲色の日も、太陽色の日も、雨色の日も。妻の容体を一番知っていたはずだし、一番理解していたはずだが、体は理解を最後まで拒んでいたようだ。

妻がいなくなった部屋からはほんのり、記憶の香りが漂っていた。薄く布に包まれたようなお花の香り。今にも、妻の声が聞こえてきそうな空気だ。でも、確かなのは、もう、妻の声は聞こえてはこない、ということ。そんな毎日考えても、答えも出口もない。つかみようのない切なさが胸を紐でしばってくるようだ。いっそのこと、僕を焼豚にしてくれ。そんな気分だ。

僕はもう65歳。趣味もなく、仕事もない。無事に満期で退職して、これから妻との時間を人生のゴールに向かって穏やかに過ごすことが僕の夢だった、はず。奪う物は一人1個までにしてくれないか。神様……。

最近、眼鏡の度も合わなくなってきた。でも、どうでもよかった。新聞の記事、テレビの字幕、本の文字……。どれも読めなくたっていい。何もはっきりさせたくないんだ、今の僕は。落ち込み選手権があるなら、僕は今世界1位を取れるだろう。そんなしょうもない選手権に、僕は脳内で53回はノミネートしている。実に、惨《みじ》めだった。こんな僕を妻が見たら、愛せてないだろうと思うほど。

そんな暗闇に慣れ親しんでいた時、一本の電話が鳴った。プルルルル、プルルルル。

「はい、矢崎です」

「もしもし?! 私、恩田と申します〜! 矢崎なお様のご自宅でしょうか?」

妻の名前に、喉をナイフで刺されたように苦しくなった。まだまだ僕は、今に慣れていないようだ。

「はい。何か?」

僕はさっさと電話を切りたかった。よれた部屋着の裾を、爪から血色を奪うほどに強く握って、このやけに明るいおばさんの話に耐えた。

「あぁ! よかった。何度か、なおさんの携帯にお電話とおメール差し上げたのですがお返事なかったので、ご自宅に電話させていただいたのですが〜」

「妻は、も……」

僕はもう妻のことを言ってしまおうと思った。

「でね、私は沢田駅の近くで料理教室〝クッキングッド〟の講師をしておりましてね、なおさん、来週の水曜日13時からご予約いただいておりますんで〜。変更ありませんかぁ？　ってお話と、その時必要な持ち物をお伝えしたくてお電話しました〜」

クラッカーみたいに明るい声に、僕の声は一瞬にして飲み込まれていた。

「わざわざ、ありがとうございます。実は、先日妻は病気のためこの世を去りました。ご挨拶が遅くなり、申し訳ありません」

僕は、自分が時報かと思うほど、定型文を何の感情もなく、一言も狂わず伝えた。

「ん？　……えっ」

ようやくクラッカーな声は祭りの後のように静まる。

「なおさんが？　あ、いえ、すいません。私なんの事情も知らずに不謹慎なことを。申し訳ないです。もしかして、旦那様ですか？」

「あぁ、はい。なおの夫です」

ようやく話が終わると安心していた。

「矢崎さん！　もし、もし、ご迷惑じゃなければお越しいただけませんか？」

予想外の言葉が耳で止まる。

「あ、行きます」

予想外の返事が口を通った。え？　僕の言葉か？　と疑うほど、身体《からだ》がとっさに反応した。

「わぁ！　それは嬉しい！　なおさんねぇ、本当に毎回楽しんでいただいていたの。旦那様にも同じ気持ちになってもらえたら嬉しいわ〜！　あ、じゃあせっかくなんで、持ち物も伝えておきますね！　えっと〜〝椎茸《しいたけ》を甘辛く煮て〟持ってきていただきたいんです〜。椎茸、奥様大好物でしたよね？　まぁもちろん無理でしたら手ぶらでもいいんでね！」

さらにさっきより弾けた声が電話口から抜けてきた。鼻息さえも受話器を通り抜けそうな勢いだ。

「分かりました。では、来週水曜日に」

僕は受話器を置くと、今の会話を振り返った。

妻は多趣味だった。料理教室、手芸、ペーパークラフト、習字、歌舞伎鑑賞、演劇鑑賞、美術館巡り……。そういえば、毎日慌ただしく何かしら予定が入っていた。妻は、自分のゴールを分かっていたのか。あれだけの趣味を詰め込んで、1秒も無駄にせず楽しんで。そして、この世を去った。そんな多趣味な妻の世界を1個でも覗《のぞ》いてみたかった。だから、僕はこの電話は妻からの誘いな気がしてならなかった。〝あなたも一緒に楽しみなさい〟。妻の誘いに、間違いない。

そうと決まれば、来週の水曜日は妻とデートの日のようにワクワクした。数分前まで、暗闇の中で度の合わない眼鏡をつけて二重になる文字を眺めていた僕とは大違いだ。顔を洗い、久しぶりにチノパンをはいて襟《えり》付きのポロシャツを着た。勢いよく家を出た。


9月の凪は案外、当たりが優しかった。夏の終わりを届ける蟬の死骸は、強く夏を生き抜いた勲章にさえ見えた。夕方を知らせる橙《だいだいいろ》色の空は、僕だけを見つめている応援旗に映った。そんな勢い付いた僕は、スーパーに足を動かす。〝椎茸を甘辛く煮たもの〟。僕からしたら、どっかのなぞなぞに聞こえる。でも、料理を特に楽しんでいた妻の姿が目に浮かぶ。毎日、食卓を楽しませていた。お皿たちは堂々として、食材たちはいつも愛され、食卓は妻の作るお楽しみ広場だった。

台所に立つ妻は、そういえば、いつも鼻歌を歌っていた。ご機嫌な妻は、作ることも、食べることも大好きだったからだ。僕も、料理をしてみたい。そう強く思えた。久しぶりに足を入れたスニーカーに小指がぶつかる。今なら靴擦《くつず》れさえも、生きてる僕を生かす理由になりそうだ。

スーパーに入ると、ご丁寧なほど食材で溢《あふ》れていた。僕は、さっき恩田先生から聞いた材料を探した。椎茸、醤油、みりん、酒、砂糖。買ったことのない、五つの宝探しだ。宝はあっという間に見つかった。スーパーの袋を大切に持ち、頭の中で椎茸の甘辛煮の味を想像しながら家に帰った。あ、いや正確に言えば、帰りに眼鏡屋に寄った。自分に合った眼鏡を作り直した。僕は今、なんの曇りも目の前に作りたくなかった。

自宅に戻ると、すぐさま台所に向かった。毎日過ごしている自宅なのに、台所だけは他人の家にいるようだ。コンロの付け方もあやふやだ。僕は、妻に頼りっぱなしだったんだな。妻がいない世界は、ひとつ、ひとつが新しくて知らないことだらけだった。もっと、もっと、もっと、話しておきたいことがあった。

醤油、みりん、酒、砂糖を台所に並べ、椎茸はとりあえず洗ってみた。でもどんな形にすればいいか分からない。とりあえず、鍋に入れて焼いてみよう。僕は、フライパンに火をつけ、椎茸を入れてみた。ゴロンといたたまれない姿でフライパンに横たわる椎茸。これでいいのか？　何やら煙たい香りが、僕の鼻を刺激する。相変わらず、無言な椎茸。

この後、何をしたらいいのだろう。僕の手は止まる。準備はできても、いざ前に進みたくても、進み方が分からなかった。肩を落とす自分がまた惨めだった。部屋は煙くさくなっていく一方だ。椎茸は黒々してきた。

「とりあえず、換気扇《かんきせん》回して！」

！！！　僕の耳が間違っていないなら、妻の声だ。

「なお？」

「ほらほら〜、換気扇！　こんな煙たくしちゃって〜！」

妻だ。間違いはない。妻だ！！！

「なお？　どこだ？」

言われた通りに換気扇をつけ、僕は辺りを３６０度くまなく見渡した。だが、姿はない。

「ほら、あなたの目の前。真下？　かしら？」

妻の優しく穏やかな声が懐かしい。

「真下？」と僕は言われた通りに目を落とす。だが、黒々しい椎茸しか目に入らない。

「そう、ここよ」

「え?!　なお……し、椎茸から声がしてるのか？」

「そうよ。ふふ。信じられないでしょう？　もう見てられないんだもの、あなたの料理。料理というかもうそれは、実験ね」

「だからって、椎茸に魂移したなんて、ははは、なんだか、なおらしいな」

妻が大好きな椎茸から、大好きな妻の声が聞こえてくる。夢のようだった。いや、夢だったのかもしれない。でも、僕はこの時間が幸せで幸せで、疑うより、1秒でも早く受け入れている自分がいた。

「一緒に作りましょう。来週、私の代わりに料理教室行ってくれるんでしょ？　あなたにそんな所で恥かかせられないからね。ありがとうね、あなた」

椎茸からする妻の声は、僕の愛した妻だった。

「なおが一緒に作ってくれるなら、僕も心強いよ。こちらこそありがとう！　一から教えてくれ」

「よしっ、じゃあまずフライパンから私を出してくださいな。もう焦げちゃって大変よ！　ははは」

椎茸の形をした妻をお皿に移す。

「じゃあまずね、味が染み渡るようにこの椎茸の脚の部分を切っちゃって、さらに薄く切ってちょうだい」

「え？　切ったら、なおは痛くないのか？」

我ながら、子供みたいな質問をしてしまった。

「当たり前でしょもう〜。痛みはないから、ほら、切ってちょうだい！」

「分かった、ここを切って……で、さらに薄く切るんだな」

「あぁ、そうそう！　うん！　少し分厚いけど……まぁ味は染み込むわ！　さぁ、じゃあ次はお鍋を出して〜！」

「分厚いか？　これ？　これ以上薄くなんて人の手じゃ無理だろ？」

「ははは、できますよ〜。だってそれ消しゴムくらい分厚いですよ？　でも、あなたらしくて私は好きよ！　ほら！　鍋、鍋！」


妻との、変わらない会話にいつしか夢中になって椎茸に話しかけていた。

「鍋出したぞ！　何をする？」

「じゃあ、お鍋の中にお醬油を、二人で行った宮方公園に水溜りみたいな小さな池あったでしょ？　あれを鍋に作って〜」

「宮方公園懐かしいなぁ。あの、なおが浅くて水溜りか池か分からなかったやつか〜。ん〜こんなもんか？」

「あら～いい池じゃない！　バッチリ！　そしたら～、あなたがいつも湯呑みに残すお茶くらい酒を入れて～」

「え～、よく覚えてるなぁ。ははは、最後って、冷めちゃうし苦くていつも飲みきれないんだよな……こんくらいか？」

「わぁ、さすが毎日残してただけあるわね！　完璧よ‼　じゃあ、次はみりん！　ん～みりんは結婚式の二次会であなたが酔っ払ったお酒の量くらいね。さぁ、覚えてるかしら？」

「弱ったなぁー、そんな昔の話。でも確か2口くらいだったよなぁ？　昔から下戸だからな、僕は。あの時はなおに迷惑かけたなぁ……ってみりんこんなもんでほんとにいいのか？」

「あらぁ！　嬉しい！　よく覚えてるわね。そのくらいの量でバッチリよ！　そうそうシャンパン2口飲んで盛大に酔っ払ってたのよ。よく覚えてる。顔真っ赤にして。私の肩で寝ちゃってね。主役だっていうのに！」

「あぁ、そうだ！　その分なおがお酒強くて、あの時から、なおには頼りっぱなしだったのか。いや～情けない。すまんな色々」

「何を今更、私は幸せだったわよ！　さぁ、そしたらねお水を、昔飼ってたハムスターのリマにあげてた水の量くらい入れてね」

「まただ懐かしいなぁ。リマよく脱走していたよな。ぷくぷく太っちゃってさ。かわいかった。水は僕の担当だったからよく覚えてるよ。んー、このくらいだな！」

「ああ！　そう！　やるじゃないあなた！　そしたら、火をつけて私も全て鍋に入れちゃって！」

「お！　ここで椎茸の登場か！　よし、じゃあ入れるぞ！」


妻との思い出話は、絶えることはなかった。話していた何倍も思い出を語れる自信があった。今、シャッターを切ったようにあの日が浮かび出てくる。きっと妻と僕の目の前の景色は同じはず。僕は妻との思い出を噛《か》み締めながら、作ったことのない椎茸の甘辛煮を作れていた。

「あとは弱火にして、15分くらい煮てちょうだい。そしたら出来上がりよ。タッパーに入れて水曜日持っていってね。冷蔵庫に入れて保存してね？」

「え？　もうできるの？　なんだ、思っていたより随分《ずいぶん》上手《うま》くいったよ。なおのおかげだな」

「よかったわ。役に立てて。なんだか、放っておけなくてね。あなたが今日電話に出てくれて、外出してくれた姿を見たら、嬉しくてね。あなた、本当に私がいなくても強く生きてくださいよ？」

妻には全て見られていた。弱っちぃ僕を見かねたのだろう。

「なお、ごめんな、僕がこんなんじゃ、いつまでたってもなおも休まらないよな。なおの分まで必ず生きてみせるよ。なおとしたかったことをするまでは、僕は死ねないな。なおは、のんびり待っててくれ」

椎茸の入った鍋が、小さな音で煮えていく。煮汁は徐々に減っていった。椎茸が飲んでいるかのように。

「その言葉、あなたから聞けて安心しましたよ。私は、ずっとずっとそばにいますから。いつもあなたの味方ですよ。そして、あなたが私の夫で本当に幸せよ。今も、これからも、これまでも。ありがとう。あなたと来世でまた結婚することが、私の夢です」

椎茸から聞こえてきた、妻の想い。涙はもう止まり方を忘れているようだ。僕の顎、首にまで涙の通り道を感じた。鍋のコトコト音にいい具合に掻き消されながら鼻をすする。

「……な、お……あ、ありがとうな……」

妻との会話の別れを身体が感じる。

「またね」

妻の声は、遠くへ歩いていくように小さくなる。やがてコトコト音が静まる。煮汁を思う存分吸った椎茸がくったりと鍋を覆う。カチ。火を止めた。僕の目の前には、椎茸の甘辛煮が残った。妻の残した、最後のものだ。熱々の椎茸を一口食べてみた。

「うまい」

妻がよく作ってくれた、甘辛煮だ。その味を、今日は僕が作った。妻と一緒に。初めての共同作業だった。僕は、こんなに泣き虫だったのか。涙は次の日の朝まで流れた。

これが最後の涙にすると誓い、僕はその日から、約束通り弱っちぃ自分は封印した。妻にいつ見られても安心してもらえるように。妻にまたいつか会った時好きになってもらえる僕でいられるように。料理教室がつなげた、妻と僕の最後の思い出だった。

僕はそれ以来、1カ月に3回〝クッキングッド〟に通っている。今じゃ、オムライスも筑前煮も一丁前に作れるようになった。〝来世で妻に食べさせてやろう〟。それが今の僕の夢だ。

オリジナルはこんな物語です

## 中島京子『妻が椎茸だったころ』（２０１１年）

妻に先立たれた泰平は、妻が予約していた人気料理家の教室に一度だけ参加することになります。課題として出された「甘辛く煮た椎茸」を作ろうと悪戦苦闘するうちに出会ったのが、妻が残したレシピ帳。そこには「私が過去にタイムスリップして、どこかの時代にいけるなら、私は私が椎茸だったころに戻りたいと思う」という書き込みがありました。

ほとんど料理をしてこなかった泰平にはその意味がまったく分からなかったのですが、料理教室で散らし寿司を作ってから、泰平は台所に立つようになります。残された妻のことばを読み、料理を続けていくうちに泰平もまた「椎茸だったころ」を思い出し……。

「椎茸だったころ」がなんであるのか、明文化されないままに、ある雰囲気や気配が読者に手渡されます。書かないことでこそ伝わるのが、短篇小説の魅力なのかもしれません。

# 馴染み知らずの
# 変身

また、朝が来た。目の前には木の木目が顔みたいに見える天井が僕を見返している。生ぬるい風が耳を起こす。

「また窓開けっぱなしで寝ちゃったな」

隙間風が昨夜の自分のだらしなさを思い出させる。太陽の陽《ひ》と共に起きたくたってそうはいかない。僕のアパートは太陽が四方八方一切当たらない。4万7000円で住めているのだから文句は言えないが。たまにまだ夜なのか、と朝を勘違いしてしまうほど暗い日だってある。だからか、僕も暗い。

7時半に目覚め、8時半には家を出る。そして9時。僕は職場にいる。僕はデパートの7階で寝具を売っている、単なる冴えない販売員だ。特に夢があるわけでもなく、ただ寝具を見ているのが好きってだけの理由で売る側になった。デパートの寝具店にお客は1日多くて10~20人くらいだ。土日になれば50人以上来るが、大きな買い物な分、人混みになることもない。それが、寝具売り場の好きな理由の一つでもある。

今日もお客はまばら。僕はお客がいないときは、好きなベッドでたまに見つからないよう寝転んだりしてひそかに楽しんでいる。今日もそんな風にお気に入りのベッドに腰を下ろしてボケッとしていた。

「あぁ、眠いし暇だ。月曜日はほんとうに暇だ」

そんなことを頭で並べながら、宙に浮いてる足をブラブラさせた。

〝カラン〟

「ん？」

ふいに足の指先に何か感触を感じた。ベッドの下に何かが転がっていった。

「何だ？」

僕はベッドの下を覗《のぞ》きこむと、一つの黒い玉が落ちていた。右腕をうんと伸ばしてその黒い玉を取り、光に当ててみた。黒いながらもなんだかキラキラしている。

「何だろう？　これ。子供のおもちゃか何かか？」

僕は特に気にも留めず、あとでレジに置いとこうとその黒玉をズボンのポケットに無造作に入れた。そんな黒玉の存在をすっかり忘れたまま僕は接客を夜までしていた。黒玉に気付いたのは着替える時だった。

「あ、これ」

僕はさほど焦ったわけでもなくただ、ゴミになるものを持ってきちゃったな、くらいにしか思っていなかった。帰り際に、駅にあるゴミ箱に黒玉は捨てた。僕は電車に乗り、最寄駅のコンビニで夜ご飯を買い、何も変わらない仕事後を送った。あの黒玉以外は。

「あれー!?　鍵どうしたっけな。えーっと」

僕はポケットに入れたはずの鍵がないことに気付く。リュックにズボンのポケット……やっぱりない。

「うわぁ俺、落としたかな?」

そんな焦りあたふたを玄関前でしていると、僕の足元に信じられない物が転がってきた。あの黒玉だ。捨てたはずの黒玉だ。気持ち悪いと思いながらも、僕は拾いあげてみた。間違いない。今日、店に転がっていたどこまでも黒々した黒玉だ。とりあえずまたポケットに入れて再び鍵を探し始めた。するとなぜだろう。いつも入れているポケットから鍵が当たり前の顔をして出てきた。

「あーよかった」

探し足りなかったに違いないと僕は決心し、家に入った。僕はコンビニ弁当を温め、お風呂上がりの髪の濡れたままご飯をかきこみ、適当にテレビを見た。そして、眠りについた。

何も、何も変わらない明日が来る、はずだった。

ピピピ、ピピピピ、ピピピピ、ピピピピ。また朝が来た。なんだろう身体《からだ》中にすっきりしないダルさがある。

「うわー、風邪でもひいてしまったかな」

僕はいつもの天井を見ながらまぶたの重さ、身体の重さを感じていた。明らかにいつもと違う。〝熱でも測ってみよう〟。そう思いながら身体を起こそうとした。

〝ん？〟

僕は人生一驚いた。だって僕の目線に映るのは誰も寝ていないマットレスの景色なのだから。僕は信じられない奇妙な景色に時が止まった気がした。理解に数分なんかじゃ足りるわけもなく。何時間僕はあの景色に戸惑っていたのだろう。分かったとしても分かりたくない。そんな気分だ。だって僕はベッドそのものになっていたんだから。僕の身体はもうここにいない。そんな奇妙な現実が僕を襲う。起きあがろうとすると、ベッドそのものが立ち上がってしまう。少しの動きで周りの家具や小物たちがド派手なダンスのように家の中を転がる。受け止めきれない僕の身体を粘り起こして、とりあえず外に出てみる。家の細い廊下を通るのに2~3時間は揉めた気がする。ドアの外には変わらない外がある。夢だったらいいのになんて考えは取り下げられた気分だ。ベッドが立ち上がっているだけでも目立つのに、それが歩き出すだなんてあまりにも目立った。

今日も仕事の日だ。とりあえずお店に行かなくてはいけない。寝具販売店の店員がベッドだなんて誰が信じてくれるか？　いや、いっそ僕ではなくそんな新しいマスコットキャラクターだと思ってほしい。僕は会社までの道中、どんな風にお店に打ち明けようか考えた。人々の格好の的になりながら。

ベッド姿の僕は、どうにかこうにか店に辿《たど》り着く。５時間ほど遅刻しているため、店長もさぞ怒っているだろう。僕は寝具店を遠巻きにそーっと見てみた。変わらぬ景色の中で僕以外の店員たちが寝具を売っている。勇気を出して、僕は店に入った。

「あら？　今日から何か始まるの？」

遠慮なく話しかけてきたのはこの寝具屋で一番のリーダー格でもありながらパートのおばさん、鈴木さんだ。やっぱり、ベッドが歩いているんだから何かのマスコットキャラクターだと思っている。

「おはようございます」

僕は軽く会釈《えしゃく》しつぶらな声を出した。鈴木さんは、会釈と笑顔で僕の前からサクッといなくなった。

「て、店長！」

僕は勇気を振り絞り、奥で整理整頓をしていた店長に声をかけた。

「うわわぁ。何だ?! ベッドの着ぐるみ? ロボットか? 今日から何かフェアでもあったかな?」

店長は胸ポケットから小さな予定帳を開き、スケジュールの確認をしだした。

「いや〜。あの僕……」

「あ! 大丈夫大丈夫! まさかベッド君がベッドを売るなんて思わなかったが、また社長の考えだろ! おもしろいな〜。早速じゃあ店の前でお客さん呼びこんでね。今売りたいのは、えっとーあ、あの一番手前にあるベルギーの二段ベッドだから。よろしく!」

僕が思っていたより何百倍も飲み込みも理解も早かった。まさか、僕だなんて思ってないんだろう。単なるベッド型のマスコットキャラクターだと思われて、ベッドの僕が寝具店にいても、誰も驚かなかった。みるみる馴染んでいく自分を感じる。お客はみな興味を持ち、僕に近付く。むやみやたらな商売言葉を添えなくても、勝手にベッドが売れていく。ベッド型の僕は、今までで一番寝具を売った気がする。

あんなに毎日毎日、頑張っていた僕。不器用な笑顔と丈足らずな言葉であっけなくお客の気を引くこともできなかった僕が、今日は別人のようにみるみる売っていた。そう、これは別人だ。売れたぶんだけ僕の自信となっていった。お店の閉まる頃、ベッド姿の僕はいつもの僕より居心地すらよくなっていた。

「いや〜ベッド君！　君すごいね。おかげでベルギーの二段ベッドは店舗分完売！　さらにお取り寄せで35台待ちになったよ。いや〜すごい！　やっぱりマスコットキャラクターは強いな〜。明日も頼むよー！」

店長の見たことのない笑顔が寝具店に広がっていた。他の店員たちも店長の機嫌がいいと気が晴れている。

僕はふと気付いた。それは、販売店員としての僕が姿を現さなかったことは、誰も気にしてもいないということ。冴えない僕は、所詮《しょせん》人の目に映ろうが映るまいが気にも留まらないんだ。でもベッドになった僕はたくさん褒《ほ》められたし、たくさん喜ばれた。そしてたくさんの人の記憶の中に足跡をつけた。それが嬉しかった。「また明日も頼むよ」なんて言葉、初めて言われた。僕はその日、家には帰らなかった。


次の日。目覚めるとまだ暗い店内が見えた。身体はやはりベッドのまま。なんだかホッとした自分がいたりして。そして誰よりも早く店内を清掃し、陳列を整頓し、そしてみんなの出社を出迎えた。

「わー！　ベッド君！　こんな綺麗に？　ありがとう〜！　ずっとベッドを着ているなんて

プロ意識がすごい!」

　リーダー格のパートのおばさんが来た。どうやら着ぐるみをずっと着ている健気《けなげ》な人に映っている。僕は会釈をした。パートのおばさんも笑顔で会釈した。続々と販売員がやって来る。僕はみんなに挨拶されみんなに親しまれていく。そのうち寝具の売り上げは伸びていく一方だった。明日も、またその明日も。

　ベッドになった僕には、人間の僕では体験できなかったことがたくさんあった。店長が褒めてくれたり、パートのおばさんが目を合わせて会釈してくれたり、同僚たちがたくさん話しかけてくれたりと。自信も夢もなかった自分はあんなに居場所がなかったのに、今の僕はここにいていい。そんなベッド姿のまま、僕は窓の外を見ながら浸ってしまった。お月様さえ今なら目が合う。


　その年の暮れ、売り上げの発表があった。閉店後、寝具店に販売員が集まり店長から今年1年の各々の売り上げを発表していく。目に見えて、ホワイトボードに書かれた僕の売り上げ棒がとんでもなく長かった。こんな景色は見たことがない。店長はじめ、販売員たちが拍手で僕を褒めてくれた。

「ベッド君!　半年前、突如現れてくれた救世主だ!　君が熱心なおかげでベッドは爆売れ、そして君を一目見ようと客足も去年の36倍！　いや～ほんとうにすごい。おかげで僕も胸を張れる半年だったよ。ありがとう。ほんとうにありがとう」

店長が僕を今にも泣きそうな笑顔で褒めてくれた。差し出した手に握手しようと手を伸ばした。

「え⁇」

僕の、僕自身の手が握手していた。

「え⁈」

僕は何度も手や身体を改めて見た。間違いなくベッドの姿ではない。僕がいる。

「ん？　どうした？　山下君。何か？」

どういうことだ。店長は何にも気付いていない。というより、僕がおかしいのか？　頭の中が服いっぱいの洗濯機みたいにこんがらがる。周りも誰も何も驚いていない。みんな僕が焦っている姿をきょとんと笑いながら見ているくらいだ。僕は急いで従業員室のロッカーに走り込んだ。

「えっとー、昨日撮った集合写真があるはずだ」

昨日忘年会の時に撮影した集合写真を携帯電話の中から探した。昨日は間違いなくベッドだった僕。写真に写る僕は、ベッドなんかじゃなかった。僕だった。紛れもなく僕だった。

一つ違うことは、胸を張った笑顔な僕だということ。

僕はずっとずっとベッドになんかなっていなかった。ベッドに変身したと思って生きていただけだった。なぜ僕はこんな夢みたいな状況になっていたんだろう。僕の中で、姿が変わっていただけでものすごい自信が出た。きっと僕の根っこにあった恥ずかしいとか勇気が出ないという邪魔していたものを変身させてくれたのかもしれない。

黒玉はまた今日も、勇気の出ない誰かのもとに現れるかもしれない。

オリジナルはこんな物語です

## カフカ『変身』（1915年）

「グレゴール・ザムザはある朝、なにやら胸騒ぐ夢がつづいて目覚めると、ベッドの中の自分が一匹のばかでかい毒虫に変わっていることに気がついた」（山下肇・山下萬里訳、岩波文庫『変身・断食芸人』所収）。外回りのセールスマンとして一家の大黒柱だったグレゴールは、一転して家族に忌み嫌われる存在になり、一家の暮らしも困窮し不幸のどん底へ転がり落ちていきます。

この書き出しが有名な『変身』は、プラハ生まれのユダヤ人作家フランツ・カフカがドイツ語で書いた中篇小説で、100年以上にわたって世界で読み継がれています。

物語の冒頭、毒虫になってしまったグレゴールがベッドから起き上がるのに悪戦苦闘する場面が描かれますが、カレンさんバージョンでは目覚めた主人公がベッドになっていました。実存主義文学として知られる原作とは対照的に、結末はハッピーで読後感もさわやかです。

馴染み知らずの

# うろんな客

この村には、とっても意地悪な男がいた。その名は、コモロウ。コモロウは56歳だというのに働かず、しまいには両親のおかずばかり食べては夜遊びに力を注ぐような人だ。両親はいつもおかずなしの白飯生活にうんざりしていた。

コモロウは外に出るたびに、この村のありもしないような恐ろしい話を子供たちに話していたり、近所のなんてことない人々の悪口を話して村を困らせていた。この日も夕方5時になると、駆け込み食いで食べた夕食後、米粒や食べカスを口につけたコモロウが村に出ていた。腹巻に爪楊枝《つまようじ》を差し、陽気な足踏みをしながら歩いている。

「今日は何て言って驚かせてやろうかな」

誰も何の嬉しさも未来もない無駄な思考がコモロウの頭を埋める。すると、向こうから母に手を引かれ親子が歩いてきた。

「お、来た来た」

コモロウは全く息の根を止めたような瞳で顔をたくらみに変えた。

「おぉ、親子さんよ。何してるんだい?」

「今から山を越えて隣町まで……」

母親が答えると、コモロウは大袈裟《おおげさ》な声を上げた。

「えぇえあぁぁ。ダメだダメだ。今隣村は土がぜーんぶ掘り起こされて、土の中から見たこともない生物が現れて支配してるみたいだ。もう誰もいなくなってるよ。まぁ、この村もじきに占領されちまうな」

浅はかな知識から生み出した、とんでもなく胡散臭《うさんくさ》い嘘を平気で話していた。すると、子供は大泣きし始めた。

「えーえー、母ちゃん怖いよ。僕、怖いよ」

「それ、ほんとうですか？」

泣き叫ぶ息子の背中をさすりながら目に血走りをさせた母親が唇を震わせながら聞いた。

「あぁもちろん。だから、もうあんたたちもじきにさよならだ」

「あっちの村に夫が……いるんです」

「はっ、とっくに得体《えたい》の知れない生物に飲み込まれてるよ、残念だな」

コモロウは、母親の肩を2回慰めるようたたくと、基礎のなっていないスキップをしながら通り過ぎて行った。親子二人は泣き崩れていた。背中でその泣き声をしっかり聞き、コモロウはタライみたいに笑った。

この時代、テレビも携帯電話もなかったために、こぞってコモロウの言葉は重大な情報となってしまっていた。コモロウは今日も村人たちを脅《おど》かし、嘘をつき、人々が嫌な気持ちになった分、どんどんコモロウの足取りは軽くなっていた。そんな姿を見逃していなかったのは、コモロウの両親。情けなさと怒りの眼差《まなざし》でいつも息子を見つめていた。

数日後。それは嵐の荒れ踊る夜だった。昼とは思えないような闇雲の空が村を包む。どこの家からも、強気に降りてくる雨の声しか聞こえないほどの勢いだ。コモロウも家で外を眺めていた。

「あぁ、ババァもジジィもどこ行っちまったんだか、これじゃあおかずが食べれねぇ。早く帰って来んかなあ」

両親は昨日から不在。コモロウは、自分でご飯を作ることを知らないため、腹を空かせて両親が帰るのを赤ん坊のように待っていた。嵐は時間が過ぎるごとに激しくなっていった。バキバキッ。屋根や柱が声を上げて耐えている。

夜8時を回ったあたりだ。コモロウがボケッと布団の上で仰向けになっていると、コンコンコンコン。玄関を力強くたたく音が聞こえる。コモロウは、両親かと思い飛び起きて玄関を開けた。ゴオオオー。轟音の中、暗闇に浮かぶ大きな影が見えた。影はコモロウの家の中にノシノシと入ってきた。

「あぁぁぁ、びしょびしょだな、誰だよ一体」

コモロウは図々しさが際立つこの来客者に苛立《いらだ》っていた。来客者が家の玄関をくぐり、室内に入るとコモロウは見上げた。

「！！！！！」

喉で声は止められた。そう、そこには、顔は奇妙なくらいに鳥、体はたくましく人間、そしてコモロウより40〜50㎝背が高い人がいた。見たこともない人だ。いや、これを人だと判断していいのか。鳥顔だが、しっかり髪の毛はあるし目の動きも心配するほど鳥ではなく、絶妙なバランスで動いている。

「泊まらせてくれや」

潰《つぶ》れたダミダミ声がコモロウの家を飛ぶ。

「お、お前、何なんだよ！　勝手に入ってきて、でっけぇ身体《からだ》で。一体何者なんだよ」

コモロウはやや大きさに怯《ひる》みながらも強気に質問した。

「鳥次郎《ちょうじろう》だ」

「聞いたことねー名前だな。一体どこから？」

「なぜ知らない？　君が一番知っているはずだ。隣村の土から掘り起こされたんだよ」

「え？　馬鹿言っちゃ困る。それはおいらの軽い冗談だ」

「冗談？　はっはっは。笑わせないでくれよ。冗談なんかじゃないよ。ちゃんといる」

コモロウは鳥次郎との会話にどんどん不信感を募らせていく。とんでもない訪問者なのだから。

「あんたは、ほんとに土から掘り起こされたのか？」

鳥次郎が居間に座り一息ついている背後から問うた。

「そうだ。さっきから言ってるじゃないか。あんたがしきりに言ってる怪物だよ」

「ありゃ、作り話だ。お前はなぜそれを知ってる！」

コモロウは足をジタバタさせながら自分の頭の空想だ、と言い聞かせた。すると、鳥次郎はギロっと振り返りコモロウを睨《にら》んだ。

「冗談だ？　あぁ？　あんたは毎日毎日この村の人をその話でビビらせてたじゃねーか。この村から一体何人が村を離れたか知ってんのか？　あんたの話を信じて、逃げた村人たちが今どんな状況か」

「どんな状況なんだよ」

「みんな山を越えられずに体力尽きた者もいる。山を越えたが、村に馴染めず行き場を失ってる者もいる。全てあんたのその冗談のせいでね」

「オイラのせいなわけない」

コモロウは気の弱さも人一倍。怖くなったのか急に震え出した。

「おお、そういや、あんたの両親はもう戻ってこないからな。早いとこしっかり働かなきゃ大変なことになるぞ」

「あ？　母親や父親、なんで帰ってこないんだ。そんなわけないね」

「はっはっは。食べちゃったからだよ」

コモロウは、背筋に何かが突き刺さったような刺激をくらった。精神的な痛みは、外部的な痛みより激しかった。目に涙を浮かべながらコモロウは絞り出した。

「そんなわけない。そんなわけない！」

「全部お前のせいだ。今日からお前は俺様の奴隷《どれい》だ。逆らったら食うからな」


コモロウと鳥次郎がまともに会話をしたのはこの時が最後だった。コモロウは、食べられる恐怖から鳥次郎の頼みに全て応えるようになった。

「お前、3軒隣の米屋で働け。仕事は山ほどある」

そう言われると、コモロウは次の日から近所の米屋で働いた。人生初めての仕事だ。家事も最初はまどろっこしい手つきだったが、2カ月もすると慣れたもんだ。鳥次郎は来る日も来る日も居間にいた。布団では、横にはなるが目は決して瞑《つぶ》らなかった。おそらく四六時中コモロウに油断させないため。鳥次郎の監視が、コモロウの人生の目を覚ました。

コモロウはずっと気になって仕方がなかったことを勇気を出して聞いた。

「僕の母や父にはもう、会えないのですか？」

数カ月間コモロウの頭を一番占領していた思いだ。

「お前、会いたいのか？　必死で働いた両親のおかずを食ったり、お金をかっぱらったり、口も利かずに、あんな自由をしておいてまだ会いたいのか？」

目からは、生まれた時に泣いた涙ぶりに、涙が溢《あふ》れてきた。コモロウの心臓の芯にその言葉はパンチしてきたようだ。両親をあんな邪魔者扱いしてしまった自分を責めても責め足りない。でも会いたい。それが今のコモロウの本音だった。

「おい、コモロウ。両親に会わせてやる方法は一つしかない」

「その一つでいい、教えてください」

「お前も食うことだ」

コモロウはぴたりと動きを止めた。何かを考えるよう地面と目を合わせた。そして、コモロウは答えた。

「鳥次郎さんよ、僕を食ってくれ」

コモロウは生きるより、両親との再会を選んだ。たとえ、この世界から姿が消えようとも、コモロウの毛むくじゃらに汚れていた胸に光るものは両親のことだった。

「いいんだなあ？　コモロウ。お前は、今人生で初めていい選択をしたようだ」

鳥次郎の言葉はこれが最後だった。次の瞬間、コモロウは鳥次郎の深い深い暗闇に落ちていった。鳥次郎は、ニヤリと笑った。

「両親や周りの人を苦しめる奴は許せねぇな」

そう、ポソリと呟《つぶや》くとコモロウの家から鳥次郎は出ていった。この村では、鳥次郎を見かけた村人は一人もおらず、忽然《こつぜん》とコモロウ一家はいなくなったと噂されたのだ。おしまい。

＊＊＊

これは、この地域のコモロウ村で、一家に1冊は必ずあると言われている絵本です。今夜もこれをどこかの子供に読み聞かせ、家族や周りの人への感謝を教えています。コモロウ家族がほんとうにいたかは誰も分かりません。

でも、鳥次郎の噂は数百年もの間言い伝えられています。どうやら、鳥次郎が現れた家は必ずなくなるというのはほんとうのようで、村では恐れられているのだとか。一体、鳥次郎とは何者だったのでしょうか。

オリジナルはこんな物語です

## エドワード・ゴーリー『うろんな客』（1957年）

風の吹き荒れる冬の晩、玄関のベルが鳴ります。外には誰もいなかったのに、気がつくと家のなかに妙な姿の客が。そいつは廊下に駆けていって、鼻先を壁にくっつけて動きません。その後も、本を何ページも破りとったり、気に入ったものがあると勝手に持ち去って、池に投げ入れたり……。17年たっても、そいつはいなくなる気配がありません。

不条理な世界観で熱狂的なファンを持つアメリカの絵本作家エドワード・ゴーリー。よく分からないけれど、どこかにユーモアがあって、何かが伝わってくるような気がする物語です。翻訳者である柴田元幸さんは、「うろんな客」は子どもの比喩であるという作家アリソン・ルーリーの説を支持しています。

# ザリガニの鳴くところ

馴染み知らずの

じんわりと歯切れのわるい風が窓から入ってくる。〝また今日もか〟と一人の少女が湿った小窓を見つめて夜を感じる。ここに、生まれてからずっと一人で生きていた少女がいる。苗字もなければ、名前もない。周りからは、湿った家に住んでいることからか、〝モイスチャー〟と呼ばれていた。そんな少女モイスチャーのお話をしていこう。

＊＊＊

モイスチャーは12歳。湿気地帯で有名なウォータートレイン地区に住んでいる。モイスチャーは生まれた時にこの小さな小屋の前で一人で責任感強く泣いていた。そんな彼女を、隣に住む一人のお爺さんが救ってくれた。お爺さんの名前は、ドゥクト。すっかり82歳になってしまった。

このウォータートレイン地区は湿気町としてもあまり好かれず、人口は14人と劇的に少ない。

「ドゥクトさん、今日も生温《なまぬる》いですけどお部屋大丈夫ですか？」

モイスチャーは並々ならぬ湿気に心配になり、ドゥクト爺さんの家を訪ねた。

「モイスチャー、来てくれたのか。優しいね。こちらは大丈夫だぞ。喉の調子もバッチリだ」

ドゥクト爺さんはゾウの背中みたいなソファに腰をかけながらモイスチャーに笑いかけた。

「でもほら、西側の窓に水滴溜まってます！　拭いておきますね」

「今夜はやけに湿り気がすごいな」

「世界一の湿気地帯なんですから、仕方ないですね」

モイスチャーは自分の小屋から持ってきたぞうきん片手に西側の窓ガラスを隅々まで拭き取った。この二人にとっては違和感の〝い〟の字すら浮かばない歯磨きのように自然な光景だ。

「ありがとう、モイスチャー」

「とんでもないです。じゃあまた明日、おやすみなさい」

モイスチャーはドゥクト爺さんの家を出ると、家の形は全くしていないドゥクト爺さんの家のすぐ横の隙間にある小屋に帰っていく。小さな町だからこそ、モイスチャーは気の優しい子だとみんなが知っている。そんな避けられがちな湿気地帯ウォータートレイン地区がある日、希望もしなかった人間と出会う。

ピチャッ、ピチャッ、ピチャッ！

「あ」

モイスチャーの頬に水滴が朝をお知らせした。

「もう朝か。んん～今日もいい日でありますように」

いつもみたいにおまじない言葉を言い起き上がる。外はじめっじめの湿気具合だが、モイスチャーは今日も笑顔いっぱいだ。ドゥクト爺さんの家に迷わず朝の挨拶をしに行く。

「おはよう！　ドゥクトさん！」

「おはよう、モイスチャー」

「今日は何かお手伝いありますか⁇」

「あ、そうだそうだ。ちょっと床の木材があまりの湿気でミシミシを超えて底が抜けそうなんだよ。だからあの湿気取り葉っぱのモグウェイをちょっと取ってきてくれんかな？」

モグウェイとはこの地帯ではかなり重宝されている唯一の植物だ。湿り気をやや吸収する力があり、ウォータートレインの住人は年に8回湿り気で床が抜けそうになるため、この葉っぱで凌《しの》いでいる。ただこの葉っぱを取るには、ウォータートレイン地区には珍しく徒歩9分かかるため、あまり長距離徒歩に向いていない住人たちには一苦労だ。

「全然いいですよ！　モグウェイ何枚いりますか？」

「この床の感じだと30～40枚頼みたいね」

「わかりました！　いってきまーす」

「ありがとうね、モイスチャー。毎日助かるよ。いい子だね」

モイスチャーは嫌な顔一つせずモグウェイ採取に行った。蒸し暑く湿り気が空からも土からも攻撃してくる日だった。モイスチャーは体中が水滴だらけになりながら歩いていた。すると一人の見慣れない少年に出会う。

「あなた大丈夫？」

どうやらこの町の子ではないと気付く。迷った様子の少年だった。

「ここ、どこですか？」

「ここはウォータートレイン地区だよ。あなたはどこから来たの？」

「僕はサバクフェンス地区。家族で旅行していたんだけどハグれてしまって」

「サバクフェンス地区ってそんな遠くから?!　それは大変！　とりあえず一緒に私の町まで行きましょう！」

「ありがとう」

そう言うとモグウェイと迷子の少年を連れて町へ戻った。

「あなた名前は？」

「ドライヤー。君は？」

「モイスチャーよ。よろしく」

「よろしく」

ドライヤーは少しばかり硬さのある挨拶をした。

「家族が見つかるまでいつまでだってこの町にいていいんだからね。それにしてもカサカサしているね。大丈夫？」

「モイスチャーこそ、水滴がずっと滴《したた》っているよ。大丈夫？」

そう、ドライヤーの住むサバクフェンス地区はかの有名な極めて乾燥した地区だ。このウォータートレイン地区とはあまりに生活環境が逆だ。だからドライヤーは全身カラカラのパリパリ。町に着くとドゥクト爺さんにドライヤーを紹介し、爺さんはサバクフェンス地区に向けてドライヤーがいるという手紙を飛ばしてくれた。

「まぁ手紙は出したが1回で届くとは思うなよ。なんせ湿気地帯だ。紙が濡れて破れてしまったり、向こうに着いたとしても字が湿って読めない可能性がある。だから気長に期待していてくれ」

「はい」

ドライヤーは、はいと言うしかなかった。だってウォータートレインからサバクフェンスまで手紙を届けることは、ほぼ無謀な挑戦に近いことは誰もがわかることだから。

「届くまで何度も書いてやるからな」

ドゥクト爺さんは優しくなぐさめた。

「ありがとうございます」

そうして、ドライヤーはしばらくこの湿気シケの町で暮らすことになった。


ある日の昼。モイスチャーが今日もドゥクト爺さんのお家《うち》を綺麗にするため掃除などを手伝っている時だった。目の前をドライヤーが通りかかった。モイスチャーは慌てて窓を開けて叫んだ。

「ドライヤー!!」

するとドライヤーは振り向き、「モイスチャー！」。二人は歳も近くすっかり笑顔で近づいて来てくれる仲になった。ドゥクト爺さんが送った手紙は案の定湿気にやられ破れてしまい、現在5回目の手紙のお届け中だ。

「お掃除しているの？」

窓を挟んで会話する二人。

「うん、少し掃除していたの。ドライヤーは？」

「僕は暇だったから本を公園で読もうかと思って」

「素敵だね」

「モイスチャーもよかったら来る？」

「いいの？　行きたい！」

二人は徒歩1分30秒の小さな公園にやってきた。湿気のためぬかるみの歩きにくい土が出迎えてくれる。二人は小さなベンチに腰をかけた。

「こんな近くになるの、なんか緊張するね」

ドライヤーが照れた様子で下を向く。モイスチャーは横目でドライヤーを見て驚いた。近くで見たドライヤーの顔の皮膚はカッサカサでところどころヒビ割れている。笑顔になるたびに口元と皮膚は赤みを帯びて切れていくような様子だった。

「ドライヤー、あなた顔が赤いわ。血も滲《にじ》んでるみたい。笑うたびにパリパリ音も出てるけど大丈夫？　痛くない？」

「あぁ。もう生まれた時からずっとパリパリいうからこれが普通かと思ってる。ママもパパもパリパリ鳴るしね。皮膚は毎日大量に割れる」

そう言いながら皮膚の割れ具合を手で確認したドライヤー。

「でもモイスチャーはずっと水滴が滴ってるけど大丈夫??　ほら手の指先は白くなっているよ」

「あぁ。私も生まれつき。ずっと皮膚はふやけてるの。血とかは出ないけど、ずっと水滴は止まらない」

二人は互いに生まれてからの環境にすっかり慣れていた。だが正反対の人間と会い、お互いが極めた状況だということを改めて知った。

「私はいつも湿気ているし、ドライヤーはいつも乾燥してる。真ん中があればちょうどよかったりしてね」

モイスチャーがそう言うと「確かに。真ん中があればね。あははははっあははは」。その時だった。ドライヤーが笑った吐息で、かかったモイスチャーの髪の毛が一部乾いたのだ。

「あれ？　モイスチャーの髪の毛。ここが今乾いた」

「え?!」

モイスチャーは慌てて髪の一部分を確認した。

「え？　ほんとだ。なんで?!　私の髪の毛が湿ってない。あ。今私、風のような感覚を感じた」

「風？　風なんて吹いてないよ？　あははは」

ドライヤーがまた笑う。するとモイスチャーの髪の毛がまた少し乾いた。

「あっっ！　ドライヤー！　あなたの笑った時に出た息よ！！！」

「え？　息？」

ドライヤーの芯の芯まで乾燥しきった体から出る息は、モイスチャーの頑固な湿気を乾かす力があった。

「もっかい、吹いて！　ふぅーって」

モイスチャーはまだ水滴が垂れている方の髪の毛を指差し、息を吹くようにお願いした。

「いくよ？　ふぅぅぅぅー！！！」

するとみるみるモイスチャーの湿り気が乾きに変身してゆく。

「あれ？　やっぱり、ドライヤーの息をかけたところは湿ってない」

二人はモイスチャーの髪の毛を触りながら感動を密かに感じた。

「モイスチャー、髪の毛サラサラだよ。この辺りはペタペタしていない！」

なんだかすごいことを発見したような気分が二人を舞い盛り上げる。

「これってすごいことかもしれない！　だってウォータートレイン地区のみんなの毎日水滴したたる髪の毛が変わるかもしれないんだもん!!」

モイスチャーは目をキラキラさせながら、ドライヤーの手を取り握り始めた。湿ったモイスチャーの手が乾燥したドライヤーの手を覆う。その時。

「はっ」

「はぁっ」

また二人の呼吸が合わさる。

「モ、モイスチャーすごい。僕の手が、手が、ツルツルだ」

モイスチャーが触れたドライヤーの皮膚がみるみる水分を受け取り、砂漠がオアシス状態になった。切れ渡ったドライヤーの皮膚は、みるみる潤い皮膚に変身していく。

「痛くない……」

ドライヤーが手をグーにしたりパーにしたりして、皮膚の伸び縮みの柔らかさに驚く。

「え？　ほんとだ！　全然赤くない。すごい白く美しい手……ドライヤー！　これすごいわよ！」

二人は互いの力にハイタッチをして喜んだ。

「もしかして、僕はこの町を変えられるかもしれない。そしてモイスチャーは僕の街を変えられるかもしれないよ！」

「そうね！　何かできるのかもしれない！」

そうとなれば、二人はドゥクト爺さんの家に走った。モイスチャーの髪の毛の一部は走るたびに美しくなびいた。

「ドゥクトさん、見て！　すごいことが起きました！！！」

ゆりかごみたいな椅子に揺られ居眠りをしていたドゥクト爺さんを、モイスチャーのトキメキ声で起こす。

「どうしたんだい？　え？　何だこれは。モイスチャー、髪の毛どうしたんだ！」

ドゥクト爺さんはピタリとゆりかご椅子の揺れを止めた。

「これ私の髪の毛。初めてよ。水滴が滴らない日が来るなんて。しかもほら触って！　全く湿ってもいないんです!!」

ドゥクト爺さんがモイスチャーの髪の毛に指を通した。なんの湿り気もなく下まで指を通した。

「どうしてこんなサラサラに」

「ドライヤーがしてくれたの。ほらドライヤー、ドゥクトさんにもお願い！」

「あぁ、もちろん！」

そう言うと、ドライヤーはドゥクト爺さんの少なからずある湿った髪の毛に息を吹きかけた。〝ふぅう～〟。するとみるみるドゥクト爺さんの髪の毛から水滴は消え、サラサラに変身していく。

「うわぁ。すごい。わしの髪の毛が湿ってない。嬉しい。こんな手触り初めてじゃ」

モイスチャーとドライヤーは顔を見合わせて喜んだ。それから、ドゥクト爺さんの洋服や、窓全てにドライヤーの息を吹きかけてみた。水滴満載の洋服も、結露当然の窓も、魔法みたいに湿り気が消えてゆく。ドゥクト爺さんの家はあっというまに湿気知らずの家に変わり遂げたのだ。

「すごいぞ、ドライヤー！　君はすごい‼　わぁ嬉しい」

ドゥクト爺さんの足のステップが楽しそうに家を舞う。

「ドライヤー！　すごい！　あなたはこの町のヒーローよ」

「え？　ほんと？　嬉しいな」

「よし町中にドライヤーの息を吹きかけなきゃ」

モイスチャーが提案すると、二人はドゥクト爺さんの家を飛び出した。ドライヤーはあらゆる湿ったものに息を吹きかけた。湿りきったウォータートレインの家の玄関、座るとスポンジを絞ったみたいに水が出てくるソファ。家の外から中までドライヤーの息で乾燥させていった。

どこに行ってもドライヤーは褒《ほ》められた。モイスチャーはそんなドライヤーと友達になれてとても嬉しかった。町の住人たちは、みな髪の毛に乾きを得ることができた。土は湿気と乾燥のいいとこどりを重ね、花や野菜が育つようになった。ウォータートレイン地区はドライヤーの息によって少しずつ少しずつ変化していった。

　そんなウォータートレイン地区に花を咲かせたドライヤーだったが、ある日1通の手紙がやってきた。

「おい！　モイスチャー！　ドライヤー‼　ほら！　ほら！　手紙が届いたぞ！　ドライヤーの家族だろう！」

「え?!」

　二人は声を合わせて驚いた。ドゥクト爺さんの右手には1通の手紙が握られている。

「パパやママ?!」

「あぁ。きっとそうだ。今読んでやるからな」

　そう言うとドゥクト爺さんは手紙を開き中を読んでいく。ドライヤーはモイスチャーのおかげで瞳にも湿気が行き渡り、今や瞬《まばた》き知らずの潤いの目でキラキラ手紙を見つめていた。

「え?!　よかったな、ドライヤー！　パパやママが明日この町に迎えに来ると書いてある！　お世話になりました、と」

　三人で喜びを分かち合った。

「明日だって！　ドライヤー！　よかったわね！！！」

「やっとパパやママに会える。ドゥクトさんやモイスチャーのおかげだよ。ありがとう」

「でも明日が来たらもう会えなくなってしまうのね」

モイスチャーがふと思い出したかのように声を下げた。

「あ。そういうことか。それは嫌だ」

「そうだな、ウォータートレインとサバクフェンスは地球の反対側だからな。きっとすごく遠いだろうな」

ドゥクト爺さんは二人の肩をさすりながら、喜びから一変した空気を作り出す。二人はその夜、手を繋《つな》いで眠った。そして、あっという間に空気を読まない明日はやってきた。


「おはよう、モイスチャー」

先に起きたのはドライヤーだ。この町を離れる寂しさと、両親にようやく会える幸せとで表情が整っていなかった。

「おはよう。もう来るかな?」

二人は手紙に書いてあった約束通り、ドゥクト爺さんの家で待っていた。すると何やら動物の足音とピーピーと笛みたいな音が近づいてきた。

「あ!」

ドライヤーはその音にすぐさま反応し、ドゥクト爺さんの家を出た。それを追うようにモイスチャーとドゥクト爺さんも出ると、そこには恐ろしい人数を脇に固めた馬に乗った人がやってきた。

「え？　これがドライヤーの家族？　人数が多いのね」

「家族は馬に乗ってるパパとママだけだよ。あとはみんなお付きの人たちだよ」

「お付きの人……？」

「モ、モイスチャー。こりゃもしかしたらドライヤーはとんでもないご家族の息子だ」

「ええ？　どゆこと?!」

ドゥクト爺さんは顎を15㎝くらい開き驚いている。

「つまりドライヤーは王子様ってことだ」

「お、おうじさま?!　あの私たちと共に過ごしたドライヤーが?!」

「あぁ」

モイスチャーも目を見開きながら、ドライヤーが馬に乗った両親のほうに行くのを眺めていた。

「ママ！　パパ！　会いたかったよ」

「ドライヤー‼　やっと見つけたよ、我が愛する息子よ。怖かっただろうに。ほんとうにすまなかった」

ドライヤーの父親、つまり王がドライヤーを力いっぱい抱きしめた。後から走ってきた母親も、ドライヤーを抱きしめている。

「パパ、ママ、僕を見てごらん！」

そう言うとドライヤーは自分の顔を両親に見せた。

「全く乾燥してないじゃないか！　どうしたんだ？　首の皮膚割れも全くないし」

全身カッサカサの両親が驚きながらドライヤーを見つめた。

「紹介する。ずっとこの町で僕の面倒を見てくれた、モイスチャーとドゥクト爺さんだよ」

ドライヤーに手を引かれ、二人は両親の前に紹介された。

「初めまして。モイスチャーです」

「初めまして。ドゥクトです。この度はまぁこんな方のご子息だとは知りもしないで、こんな場所で申し訳ありませんでした」

「いえいえ、何をおっしゃるんですか‼　ドライヤーの近くにずっといてくださり、さぞかし安心してこの日を迎えられたことかと思います。もうなんとお礼をしたらいいか。ねぇ、あなた」

ドライヤーの母親はとても優しく挨拶を交わしてくれた。

「あなたがモイスチャー？」

「は、はい。初めまして」

「あらぁ、なんて可愛らしい娘さんなんでしょ。ドライヤーのお世話をしてくださってありがとうね」

全身カッサカサではあるものの美しい顔をした優しい優しい母親だ。

「モイスチャーはすごいんだよ。僕の切れた皮膚や笑うと血が出てしまうカサカサを全て潤いに変えてくれたんだから！　モイスチャー、ママやパパのことも潤わせてあげて！」

ドライヤーの思いを受け止めたモイスチャーは、笑顔でドライヤーの両親の呆れるほど乾燥し切った肌に触れていく。顔や首、腕や足、モイスチャーの身体《からだ》に溜まりに溜まった湿気を乾燥に与えていく。するとみるみるドライヤーの両親の肌は潤いを纏《まと》い綺麗な柔らかい肌に変わっていく。

「あ、あ、あなた！　すごいわ！　私のあかぎれしていた肌が嘘みたいに……」

「すごいぞ、私の顔ももっちりしている！」

ドライヤーの両親は互いの肌に触れて確認し合うほど喜んだ。そしてモイスチャーはその両親たちのお付きの人全員、さらには馬までもに潤いを与えた。サバクフェンス地区から来たドライヤー一族はあっという間にカッサカサ乾燥からもっちり肌に大変身した。

するとドライヤーの母親がモイスチャーに近づいてきた。

「ねぇ、モイスチャーあなた、サバクフェンス地区にいらしてくれない？　もちろん十分な暮らしと身の回りは揃《そろ》えさせていただくわ。あなたにサバクフェンスの長年の悩み、潤いを行き渡らしめてほしいの」

「え？　私？　でもドゥクトさんが……」

「もちろんドゥクトさんと一緒に。ドゥクトさんさえ嫌じゃなければね」

ドライヤーの母親はとんでもない提案をした。モイスチャーとドゥクト爺さんがサバクフェンス地区の王族の側近として誘われたのだ。

「モイスチャー、すごいじゃないか！」

ドゥクト爺さんはとびっきりの笑顔でモイスチャーを抱きしめた。

「ドライヤーのお母様、ドライヤーもね、すごかったのよ。この湿気地帯に息を吹きかけて、ずぶ濡れな毎日だった湿気を食い止めてくれたの」

「え？　ドライヤーが？　この町を？」

ドライヤーの母親は何かを思いついたかのようにひらめき、何やら父親に耳打ちをしている。そして、モイスチャーとドゥクト爺さんはウォータートレインからサバクフェンスへと大引越をすることになった。

サバクフェンス地区では、モイスチャーは世界で一番湿気を持つ女の子として街にどんどん潤いを行き渡らせた。そして、ドライヤーのウォータートレインでの活躍を機にサバクフェンス地区に住む住人たちは湿気た町に乾燥を届けるようになった。

そして、もっともっと後になってからの話だが、のちに、今私たちが使っている髪の毛を乾かす電子機器〝ドライヤー〟がこの世に誕生する。ドライヤーの活躍をきっかけに、名前は丸々〝ドライヤー〟と名づけられた。そしてモイスチャーは、のちに〝化粧水〟という保湿成分が入った水をこの世に誕生させたのだ。

でもこれは、二人がおばあちゃんとおじいちゃんになってからのお話。二人は死ぬギリギリまで、モイスチャーはドライヤーの顔や手を触り、ドライヤーはモイスチャーの髪に息を吹きかけ続けたそうだ。

そんな昔むかしのお話でした。

オリジナルはこんな物語です

## ディーリア・オーエンズ『ザリガニの鳴くところ』（2018年）

アメリカ・ノースカロライナ州の沼地で裕福な家の青年の死体が発見されます。容疑者として浮かんだのは、家族に見捨てられ、湿地の小屋でたった一人で生きてきた少女・カイア。「湿地の少女」「沼地の貧乏人」と蔑《さげす》まれながらも、鳥や湿地の生き物を愛し、生きるすべを学んできたカイアの成長が、殺人事件の謎とともに描かれます。

「ザリガニの鳴くところ」とは、茂みの奥深く、生き物たちが自然のままの姿で生きている場所で、湿地や人間の力の及ばないところをさしています。ノンフィクション『カラハリが呼んでいる』（マーク・オーエンズとの共著）などの著作で知られる動物学者ディーリア・オーエンズの知見が生きる作品です。映画化もされ、世界的なベストセラーになりました。

# あしながおじさん

馴染み知らずの

これはある村のジュディが体験した物語です。ジュディは幼い頃、両親が死んでしまったために孤児院で育てられてきました。とてもスクスク育ち、みんなに愛され愛しの生活を送っていました。ジュディはモデルになるのが夢で、いつも暇さえあればテレビや雑誌の真似をしてはみんなを驚かせていました。

そんなある日の暗い暗い夜中の話だった。ジュディや他の子達が寝しずまったころ。部屋の窓に足の長い長いすらっとした男の影が窓越しに映ったのだ。ジュディはパッと夢を楽しんでいたまぶたをひろげた。あまりにかっこいいスタイルと、なぜか目を奪われるオーラは窓越しからでもよく分かった。ジュディの孤児院の周りには、しげみと原っぱしかなく、人がこんな時間に一人で歩くことはさも珍しく、壊滅的なことだった。

窓越しの「あしながおじさん」に、ひたすら自転車のように目を転がした。おじさんはスキップをしたりジャンプをしたりと様々な方法を使って歩いていた。ジュディは窓越しではあるが、その愉快につられるステップに目を奪われて思わず外に飛び出した。

外は足の指が激痛になるほど寒く、コンクリートは冷たくこちらを見ているようだった。ジュディは、お母さん役のトミーに呼び止められた。

「ジュディ！　何をしてるの。早く部屋に入りなさーい！」

「トミー、ごめんなさい。誰か外にいたからつい見てしまっていたの」

「そんな人がこんな時間にいるわけないだろぉ。見間違いか動物さ」

ジュディは頭をひねりながら、見間違いではないと確信していたが、その日はしずかに寝ることにした。


そして次の夜のことだった。昨夜のように、夢に浮かれているとまたふと月の光で目覚めてしまった。ジュディは目を細め揺れるカーテンの先を見た。すると、昨夜見たあしながおじさんがまたこの部屋の周りを歩いているではないか。ジュディはドキっとした。なぜなら、あしながおじさんは明らかに昨夜よりこちらに近づいてきていた。

このジュディの体の底から感じる不気味さは果てしなかった。なぜならそのあしながおじさんは明らかに足が大きすぎる。足の長さも負けじと長いが、足の大きさはそれに見合ってないほど巨大だった。まるで象のように。ジュディは怖さが漏れてしまった。とにかくそのあしながおじさんに見つからないように布団に紛れ息を呑んだ。

気付いたら、「おーい、みんな起きるんだぞ」。お母さん役のトミーの声で、ジュディはハッと起きた。昨夜のあの出来事は夢だったのか？　と頭はすっからかんに感じた。それにしても変な夢を見たもんだと、ずっと変な気持ちだった。

そしてその夜もきっと同じ時間だ。しげみの音で目は覚めた。また来る、とどこかで分かった自分もいた。恐る恐る目線を窓にずらすと、足しか見えないあの人間がいた。どれだけ近づいたんだろう？　というほどスレスレの場所に立っていた。ジュディは体が硬くなり、目が離せなくなった。

次の瞬間、ぐにゃにゃにゃにゃにゃにゃと体を折り曲げた人間がこちらを覗《のぞ》いてきたではないか。カーテンがあるため、シルエットしか見えなかったが、顔らしきものがこちらを覗いていた。ジュディはハッと目を合わせてしまうと、そのあしながおじさんはジュディに手招きをしてこちらにおいで、という手振りを見せた。あしながおじさんの顔は優しい目をしていて、女性とも見られる美しさはあるが優しい男のような姿だった。

ジュディはさっきまでの恐怖は投げ捨てたかのように気持ちがサーと明るくなり、笑顔で部屋を出て、玄関を出た。いつも玄関の開く音でトミーが走って起きてくるはずなのに、不思議とトミーも出てこない。ジュディは外に出て、あのあしながおじさんを探した。ザッザッザ……。草むらを歩き自分の寝ている部屋の窓の方まで外から回ると、そこにはおっきな靴を履《は》いたあしながおじさんがいた。ジュディはなんだか恐怖なんて少しだって感じず、嬉しくてたまらず抱きつく。あしながおじさんも負けじとジュディを優しく抱きしめた。ジュディは突如現れた、このあしながおじさんに不信感などはなく、そのまま一緒にあしながおじさんが暮らすしげみの方へと入っていた。

それからの毎日は世界が変わったように楽しくて幸せでたまらなかった。あしながおじさんはいつもジュディを新しい場所へと連れていってくれたり、とても美味《おい》しいご飯を作ってくれたりして、ジュディは感じたことのない温かさを知り始めていた。ジュディはあしながおじさんに気になっていた質問を聞いた。

「どうして、あなたはそんなに足が長いの⁇」

あしながおじさんは答えた。

「いつでもどこにいてもジュディが見えるようにだよ」

ジュディはふと我に返れば奇妙な答えだが、なんだか嬉しくてたまらなかったのか、満面の笑みで「そうなのね」と答えた。

ジュディとあしながおじさんは毎日これでもかというほど思い出を作った。原っぱでピクニックだってしたし、川のほとりで葉っぱヨットで競争だってした。冒険したりかくれんぼしたり、ジュディはあしながおじさんとたくさん時間を共にしていた。

そんなある日。あしながおじさんはジュディをリビングに呼び出しお話をしようと言ってきた。また楽しい絵本を読んでもらえるのかと思い、ジュディはワクワクしていた。するとあしながおじさんは話しだす。

「ジュディよく聞いてくれ。私はもう帰る場所に帰らなきゃいけないんだ。だからジュディとは今日でお別れしなくてはならない。ジュディをいつでもずっと見ているからね。元気に過ごして、誰よりも幸せになりなさい。ジュディはとっても美しく、ステキな子だよ」

ジュディは「なんで？　なんでこんなに楽しいのに離れなくてはいけないの？　ずっと一緒にいてよ」と涙ながらに話した。

「ジュディは一人で生きていける。周りにもトミーやお友達がたくさんいるじゃないか。たくさん人を愛し、愛される人間になりなさい」

ジュディは引き止めても、なんだかそんな簡単な話ではないように感じ、「今日は一緒に寝たい」と最後のお願いをした。あしながおじさんはまた優しく微笑《ほほえ》んで「あぁ、そうしよう」とジュディと最後の夜を過ごした。ジュディが大好きな絵本をたくさん読んで、眠くなる限界までずっとお喋《しゃべ》りを楽しんだ。そして朝起きると、あしながおじさんはいなくなっていた。ジュディはあしながおじさんを家中探したがどこにもいなかった。悲しくて悲しくて、涙があふれた。

リビングには1枚の紙と写真が置かれてあった。

愛するジュディへ

ジュディと過ごした毎日は私たちにとっては一生の宝物であり一生の思い出です。

あなたとしたかったこと、見たかったものをたくさん見れて私たちは悔いがありません。

あなたが1歳になるときに、私たちは交通事故に遭い、あなたとの素晴らしい毎日を奪われてしまったの。

すごく悔しくて、そして何よりジュディが心配で心配でたまらなかった。

ジュディの姿をずっと毎日見てきて、ようやく神様から1週間だけ地上に現れていいというお許しを得たの。

もう元の姿では地上に現れることはできない、そして二人でという選択がなかったから、二人で一つのものというのが決まりだった。

フランス人形か、足の長いおじさんかで選べと言われたの。

もちろん迷わず人間を選んだ。

ジュディと遊べるようにね。
本当に素敵な1週間だった。
私たちは忘れない。
ジュディがこれからも幸せであることをずっと空から願っているよ。
ずっとずっとずっとずっと愛してるよ。

ジュディのパパ・ママより

読み終わったころには巨大な大涙がジュディの頬を滝のように流れ出ていた。ジュディが怖がらなかったわけ、ジュディが一日で安心できたわけ、毎日毎日が空白の時間を埋めるように楽しかったわけがようやく理解できたのだ。

ジュディは記憶のないパパとママがこんなに素晴らしく温かな人だと知った。パパとママが会いに来たのは、事故のあったちょうど5年後の今日だった。その日はジュディの6歳の誕生日だった。きっとそれは、神様がくれた誕生日プレゼント。そして横に置かれていた1枚の写真は、優しく微笑む、パパとママとジュディの三人の写真だった。ジュディはこれを宝物にした。それから、ジュディは影響を受けて生と死の出会いを率先して可能にする霊媒師になり、いまも生と死の境界線を探している。

オリジナルはこんな物語です

## ウェブスター『あしながおじさん』（1912年）

衝撃の結末が待っていたカレンさん版『あしながおじさん』ですが、もともとのジュディもみんなに愛される快活な娘です。孤児院で育った彼女に、ある日、とびきりのチャンスが舞い込みます。裕福な紳士が奨学金を出して、大学に通わせてくれるというのです。彼女が一瞬見た紳士の姿は、車のヘッドライトに照らされ、アシナガグモのように手足が伸びて壁に映った影（！）。以来、ジュディは大学に通いながら、唯一課せられた条件である月に一度の手紙を紳士に送ります。「あしながおじさん」と呼びかけながら。

およそ1世紀前に書かれた書簡形式の少女文学の名作。手紙のなかで、思春期の少女が自立した女性へと育っていく過程がつづられる成長小説でもあります。読み進めるにつれて深まる謎は、裕福な紳士の正体。カレンさん版のジュディと同様、思わぬ結末が待っています。

# 若きウェルテルの悩み

馴染み知らずの

様々な時代がある中に誰にも悩みは付き物だ。どの時代も、どの年齢も。悩みがなくなることなどは、生きていないにも等しくなる。そんな、悩みに悩んだ少年がここにもいた。18世紀のヨーロッパ、イタリアに住むウェルテル・タントン16歳。


「かあさーん。やっぱり今日もやめるよ。明日からにする」

「えーウェルテル。またなの？　もうそれ言ってるのお母さん7回は聞いたわよ」

「いいの。緊張するし。また明日がんばる」

「そんなのそそくさとしたほうが、楽なのにねぇ。まぁいいわ、はやく朝ごはん食べちゃいなさい」

「はーい」

何気ない朝の会話を弾ませると、ウェルテルはメガネをかけ、カバンを片手に学校に走って向かった。ウェルテルはこの春から高校1年生だ。第一希望校に入り、性格は明るく元気いっぱい、そして家族は優しく裕福で、と一見恵まれているとしか思われない人間だ。

「ウェル、おはよ！」

ウェルテルが教室に入るとたくさんの仲間が声をかけてきた。

「おーおはよう！　今日も眠いなあ」

学生ならではの口癖を走らせ、周囲を巻き込んだ。授業が始まると、ウェルテルはわからないことなどは、グングン質問する好奇心さえ見せてきた。

休憩時間。

「なぁ、昨日のテスト、今日返ってくるんだよなー？　もう最悪だ」

シャツを出したまんま、ジャケットはボタンを閉めず相変わらずだらしなさを満杯にだしたダンベルが、ウェルテルに話しかけてきた。ウェルテルの親友だ。

「そうだよ、ダンベル。お前うまくいかなかったのか？」

「そうなんだよ。30点以下なら、またかあちゃんに川まで水運びに行かされちまう」

「お前のかあちゃん相変わらず、厳しいな。前も、なんか隣町までスキップで行かされてたもんな？」

ダンベルは少し勉強に弱気なため、お母さんにいつも叱られてしまうわんぱく男だった。

「あぁ、やだなぁ。俺まじ自信ないしな。なぁ、俺のと交換してくれよー」

「なに甘えたこと言ってんだよ！　ダメに決まってんだろ」

軽く笑い飛ばしてウェルテルは嫌がった。

「いーよなぁ。ウェルは頭もいいし、顔もいいし。悩みとかないんだろ、どーせ」

そう放つと、ダンベルは自分の席へと戻って行った。ウェルテルは深いため息をつき窓の外を眺めた。

「俺にも悩みはあるっつーの」

風よりも軽々しい声でポソリと呟《つぶや》いた。


学校が終わり家に着いたウェルテルは、鏡の前に立ちずっと顔を見ていた。

「はぁ。勇気いるんだよな。全くさ」

すると、母親の声が聞こえてきた。

「ウェルテル、またここにいたの？　もぅいい加減勇気出しなさいよ。あんた全く変わらないし、これから先楽になるわよ？　本当にもう。いくじなしなんだから」

母親がブツクサ言いながら、洗面台の横の洗濯物を取り込んでいる。

「うるさいなぁ。第一歩を踏み出す時は勇気がいるんだよ」

「はいはい、わるーござんした」

母親は忙しそうにリビングに戻って行った。ウェルテルはまたもや鏡で自分を見つめ出した。

「痛そうだし、急にイキってるって思われたら恥ずかしいし、どうしよう……」

そう。ウェルテルはどのタイミングでメガネからコンタクトレンズにするか、究極の選択に迫られていた。

「かあさんはあんな簡単に言うけどさ、俺が明日急にメガネじゃなくコンタクトにしていったら間違いなく、好きな女子ができたとか噂されんだよな。嫌だ、それだけは嫌だ」

ウェルテルは小学生からずっと黒縁《くろぶち》メガネで生活してきた。だが、メガネの不便さに気が付き、家族からはコンタクトレンズを与えられた。きっと誰もがつまずく、このタイミングにまさにウェルテルは悩みもがいていた。

「それになんかこのメガネのおかげでちょっとかっこよく風に見えてる感じもあるしなぁ。コンタクトレンズにしちまったらただの顔じゃないかな」

かっこいい自分だからこその悩みまで持ち合わせていた。

「勇気でないけど、高2からつけるほうがなんか高校デビューみたいでダサいよなぁ。よし！」

ウェルテルは少しでもコンタクトレンズにした味のなくなった自分に慣れようと、近所の散歩から始めた。

「なんだかやけに、忘れ物した感じだ」

ウェルテルはキョロキョロして落ち着かない顔で周りをうろついた。誰かに気付かれたらどうしようと胸を最速急に動かしながらの散歩となった。すると目の前から、家族ぐるみで仲良しの近所のおばちゃんが歩いてきた。

「はっ、ラッセルおばさんだ。でも第一発見者にしては最善すぎる人間だ」

ウェルテルはまるで実験するように、ラッセルおばさんに近づいていく。すると「あらウェルテル！　お使い？　毎日えらいわねー。気をつけるのよ。あっそういやうちにたくさん焼き芋が余ってるの、あとで届けに行くってお母さんに伝えておいてねー」

「あ、はい。わかりましたぁ～」

ウェルテルは苦笑いをしながら後ずさった。

（あれ？　おっかしいなぁ）

ウェルテルは頭の中をハテナで埋め尽くした。

「まぁでもラッセルおばさんもう78歳だしな。そりゃこんな小さな違いわからないか」とコンタクトレンズにした自分に気付いてくれなかったラッセルおばさんに、やや寂しさを感じながらその日の散歩は終わりを告げた。

家に戻ると、お母さんが夕食の支度をしていた。

「ただいま」

「あらウェルテル。なにしてたの？　もうご飯よ、手洗ってきなさい」と背中で話してきた。

「はいよ」

ウェルテルは力なく返事をして、コンタクトレンズのまま食卓へ戻ってきた。

「あら、ウェルテル、ようやくその気になった？」

「いや、いまただ慣れるためにつけてるだけ」

「明日からそれで学校行きなさいよ。もうメガネの度数だって最近合ってないんだから」

「まだわからない。明日決めるよ。急に明日コンタクトレンズで行ったら、なんかあったと思われるだろ？」

するると、話を聞いていたお父さんが口を開いた。

「ウェルテル。よく聞きなさい。人ってのはそんなに自分を見てくれてないもんだよ。良くも悪くもね。みんな自分が一番好きなんだから」

「え？　そうかな」

「そんなもんさ。小さな変化に気付いてもらえるだけありがたいと思え」

お父さんはそれだけを置き手紙のように放つと、無言でまた豚の角煮を食べ始めた。

「お父さんの言う通りよ」

お母さんも優しく寄り添うように言った。

その夜ウェルテルはお父さんからの言葉を頭の中で渦巻き状にしながら、さらに考えていた。「やっぱり大人だからあんなこと言ってんだろうな。俺らの世界は結構周り見てるんだよ。なんにも知らないくせに……」と思い悩み、眠りについた。


次の日ウェルテルは、悩みに悩んだ割には、メガネ姿の自分を選び学校へ向かった。

「ウェルー！　おはよー」

ダンベルの声が近づいてくる。

「お！　ダンベル！　お、は、よー」と振り返ると……ダンベルがいつもと違う姿でそこにいた。

「どう？　イメチェンしてみた！」

「え？　急にどしたんだよ」

ダンベルは、今までロン毛だった髪の毛をすっきりと刈り込み付きで短髪にしていた。

「いやーさぁ、かあちゃんに髪がだらしないって言われて昨日床屋行ったんだけどさ、どうせなら、かっこよく変身したいなぁと思ってさ」

「なんか、いいな。その勇気。めちゃくちゃ似合ってるよ」

なんだかウェルテルは無性に自分の小ささをダンベルから教わった。ダンベルは気付かれないよう生活するどころか、会う人会う人に、自分の変化を恐れずに聞いてまわっていた。

「俺はなにを小さな変化に恐れていたんだ。なんだか急にバカバカしくなってきてしまったよ」

ウェルテルは急に、ダンベルが尊くなった。その日は、一日中さらに明るくなったダンベルに励まし続けられた。ウェルテルは走って家路に帰った。

「かあさん、俺明日から、コンタクトレンズでついに生活するよ!! ダンベルが全て教えてくれたのさ!」

「はい? ダンちゃんが? 一体なにを教わったのよ～? まぁいいんだけど。やっとその気になって安心したわよ」

小さな変化すら過敏になってしまう学生時代に、勢いと勇気を親友からもらったウェルテルだったのだ。その頃、神のように言われたダンベルは、テストの結果が悪の悪だったため、後ろ歩きで川まで水を運びに行っている最中だとはウェルテルは1秒も気付かないだろう。

次の日、ウェルテルは張り切ってコンタクトレンズをつけた。さらに、髪の毛はいつもと違う分け目にまでして、学校へ駆け出した。「全く、あんなにうじうじしていた半年間はなんだったのよ。わからない年頃ね。あ、でも私も学生時代、確か前髪切るか切らないかで1年間悩んだっけね。そんな時代もあったわね～」と母親は空を見上げてクススと笑った。
ウェルテルは力強く学校へ行った。「みんな、おはよー！」とクラスに入ったものの、確かにお父さんの言う通り、そんなにメガネからコンタクトレンズになったことを驚く者は少なかった。というかもはやウェルテルは自分から言い出していたくらいだ。ウェルテルは、「なんだ。父さんの言う通りじゃないか。むしろ、変身するって楽しいもんだな」と自分が少し、大人に近付いたような気さえした。

どんな年齢にも、比べられない悩みはあるものだ。そんな悩みも、小さな見方や考えを変えただけで自分を成長させる一歩になるのではないか。一生付き合う〝悩み〟だからこそ、毎回、負けじと向き合ってもらいたいものだ。

オリジナルはこんな物語です

## ゲーテ『若きウェルテルの悩み』（1774年）

ドイツを代表する文豪・ゲーテの若き日の実体験をもとにした小説です。とある田舎町に逗留《とうりゅう》することになった青年ウェルテルは、舞踏会の場でシャルロッテに一目惚れしてしまいます。ロッテは婚約者のいる身でしたが、たびたび彼女のもとを訪れるうち、その美しさと知性にひかれ、恋におぼれます。二人は微妙な距離を保ちながら、幸福な日々を過ごします。しかし、婚約者アルベルトが戻ってきてしまい、苦悩にさいなまれたウェルテルはこの地を去ります。やがて、二人の結婚が伝えられて……。

青年ウェルテルは、ロッテへの押さえがたい恋心だけではなく、人生そのものにも思い悩みます。一方で、自分のふるまいが他人からどう見えるかを意識して行動する自意識過剰な一面も見せます。メガネをいつコンタクトに変えるか思い悩むカレンさん版のウェルテルと同様に。日本でいえば江戸時代中期の作品ですが、当時のヨーロッパでベストセラーとなり、ウェルテルのファッションをまねる人が出たり、ウェルテルのモデルとなったゲーテの友人の墓を訪れる人がいたり（聖地巡礼？）、悲しいことに恋に悩む若者の自殺が相次いだりと、現代さながらの熱狂を巻き起こしました。青春あるある小説として、なお古びてはいない名作です。

# 馴染み知らずの
# 号泣する準備はできていた

女の名前はサリー。活発で物事をはっきりさせたい強気な女の子だ。彼女が大学を中退した裏には強い理由があった。それは世界中を回って旅すること。大学生活でなんの夢も希望も見つけられなかったサリーは、無駄な登校をしているくらいならもっとワクワクするようなことを探したいと思い、いてもたってもいられなかった。

旅を始めて、6年がたった。サリーはモンゴルにいた。モンゴルはサリーがずっと来てみたかった一番の国であった。

「わぁーここがついにモンゴル。ここなのね。もう旅して今年で6年か。未だに夢を探ってたらあっというまに26歳になっちゃったわよ。でもなんだかやっぱり来たかっただけあって、パワーを感じる。うん。まだ諦めてなんかやらない」

サリーは空港に着くやいなや、圧倒的なモンゴルパワーを感じていた。この日は、屋台を巡り空腹を満腹に変え、屋台を抜けたモンゴルの激安三角ホテルへと泊まった。ミキミキと悲鳴をあげるベッドに横になると、それでも身体《からだ》から力が抜け旅の疲れがサワァとなくなっていった。

「あぁー疲れた。明日はずっと気になっていた占いの町にでも行ってみよっかなぁ。わたしが学生時代から確か有名だったわよね」

サリーは天井に向かってブツブツ呟《つぶや》きながら、眠りについた。


「あぁ、暑い。喉、喉かわいた」

太陽が近づいて来たような暑さが狭いホテルをモアモアした暑さで閉じ込めていく。

「昨日は夜着いたから感じなかったけど、本当にモンゴルって寒そうに見えて暑いわー」

ベッド脇にある、汗を垂らしたように水滴がついた半分減った水のペットボトルを無造作に取ると一気飲みした。

「ぷはー。生き返った。さ、起きるか」

サリーは身支度を終えて荷物を背中に、予定通り占い館へと向かった。その館は電車を3本乗り継ぎ、さらに車で90分かかる場所にあった。

「いやぁ、暑いしいざ行くとなると遠いわね、モンゴル。まぁでもやることないし行くしかない」

決意を固めたサリーは突き進んだ。電車はあまりに不規則に来ていた。

「なによ。時刻表もあったもんじゃないわね」

大幅に遅れをとった電車のせいで、スタートダッシュがかなり出遅れとなった。

「ようやく1回目の乗り換え地点だわ。あぁもう明後日《あさって》にはロシアに旅立ちたいから滞在時間も限られているのに」

サリーはモンゴルの滞在日を4日間と決めていた。そのため切り詰めたスケジュールとなっている。だがタイミングよく2、3回と乗り換えはうまくいき、車に揺られ90分がたとうとしていた。

「なんだかんだいっても、予定通り着けそうでよかった。さぁ、どんな占いされるんだろ。楽しみだー」


サリーはようやく、占い館があるモンゴルきっての奥地に着いた。

「ここが噂の館ね。うぅ！　空気感が違う気がする」

辺りはまだ昼下がりだというのに、薄暗く温度もだいぶ冷えて感じていた。サリーは吸い込まれるように館に入っていった。そこにはロージーという占い師さんが目を瞑《つぶ》りながら待っていた。

「こんにちは。あの、占っていただきたいのですが、よろしいですか？」

サリーはいつもより弱気な声質でひそかに伺《うかが》った。

「ようこそ。わたしの名前はロージーよ。あなたは？」

「あ、サリーといいます。年齢は、にじゅ」

「名前だけで結構よ」

かぶせるようにロージーに言葉を止められた。

「あ、はい。よろしくお願いします」

「なにを占ってほしいのかしら？　恋愛？　仕事？　はたまた人生？」

「えっと、全部聞きたいのですが……」

「なるほど。そうよね」と微笑《ほほえ》みながら、ロージーはやっと目を開けた。その瞬間ロージーの優しい目に鋭い驚きをサリーは見逃さなかった。

「あれ？　なんか見えました？」

サリーはテヘへと笑いながらロージーに問うた。

「あなた……近いうちに死ぬわよ」

「え……？」

サリーはわけが分からなかった。

「え？　あのどうしてですか？　なんで、わたしが？　人違いじゃ？」

「人違いなわけないわ。あなたを見ているんだもの。先が真っ暗闇に見える人は、未来が見えないのよ。なぜなら死んでしまう運命だから。あなたの周りは未来を感じさせない暗い暗いオーラが流れている。残念ですが」

「ちょ、待ってください。どうしたら回避できますか？　わたしまだ結婚も、なんなら恋愛すらできてなくて、もっとやりたいこともありますし」

サリーは言葉が溢《あふ》れるように口から流れてきた。

「落ちつきなさい。運命はいつだってあなた次第。わたしから言えることはそれだけよ。悔いがある人生はもどかしい。やり残しちゃダメよ」

ロージーはそれだけ伝えると、サリーを帰らせた。

サリーはどん底の中にいた。歩く足さえ方向が決められずモンゴルの大地をヨタヨタと歩いていたのだ。涙さえ出ないこの感情。無がうってつけのサリーがそこにはいた。

どれほど歩いただろう、変わらない景色の中をひたすら歩いていると一個のさびれた喫茶店のような店があった。もしやここが最後の晩餐《ばんさん》になるんではないかとすら思えてきた。サリーはカラカラな喉に気付き、その喫茶店に迷うことなく入っていった。

チリンチリン。今にも鳴らなくなりそうな鈴が力なしに鳴った。そんな音にも幸せを感じ泣けてきそうだ。下向き加減で席に座った。メニューにはハンバーガーやピザなどサリーの好物が書かれていた。目がかすんでくる。涙が溜まったせいだ。手の甲で涙をガシガシ拭き、ピザとチーズハンバーガーを頼んだ。「きっとわたし、ハンバーガーが来たら泣いてしまうだろうな」と死に怯《おび》えて情けない自分に笑えてきた。

「お待たせー！　細いのによく食べるわね」

そんなことを明るく言われながらご飯が机に運ばれた。サリーはふと顔を上げた。ずっと下ばかり見つめていたサリーは、この店の雰囲気や机の配置など、この時初めて知った。あぁこんなオシャレな喫茶店だったのかと。その流れで料理を持ってきてくれた店員さんの顔を見上げた。その瞬間。

「え!?」

「え!?」

二人は同時に声を出した。そう、サリーと全く同じ姿をした人間がそこには立っていた。店員さんからしたら、全く同じ姿のお客がいた。

「え？　わたし？」

サリーは思わず言葉にしてしまった。

「あなたこそ」

店員さんもポカンと開いた口が塞《ふさ》がらなかった。

「わたしはサリー。あなたは？」

「わたしの名前はドリッサよ」

名前が違うことに一安心する二人。サリーとドリッサは髪の長さも肌の色も身長も体型もソックリだった。違うのは、性格と服装くらいだ。

「どうしてこんなにわたしみたいなのかしら？」

「こちらこそよ！　こんなに同じ顔だなんてある？」

「ないですよね、絶対」

その時、サリーはゾッとした。もしかして、近いうちに死ぬって、自分と全く同じ人間に会ってしまったからか？　と妄想が膨らんでいった。

「これって、いわゆるドッペルゲンガー？　ですかね」

サリーは店員に尋ねた。

「え？　妙なこと言わないでよ」

「すいません」

「ねぇ、あなた今日時間ある!?　わたしここのバイトがあと2時間で終わるから、そしたら改めて話さない？」

なにかをひらめいたようにドリッサが誘ってきた。

「あ、うん。大丈夫です」

そして2時間後、辺りが真っ暗になった頃二人はまた集まった。ドリッサのおうちが近くにあるため、二人は歩いてドリッサの家へと向かいながら話していた。

「いやーさっきは本当にびっくりした。こんな同じ顔で体型まで一緒なんですもの。驚きすぎてなんだかそっけなくしちゃってごめんね？　改めてわたしの名前はドリッサ、年は26歳、O型。いまはバイトの掛け持ちしながら、いつか女優になるのが夢で、まぁ地道に頑張ってるの。あなたは？」

「へー。女優さんだなんてすごい。あ。わたしの名前はサリー。同じく26歳のO型。あは、ほんとに似てるね」

「血液型まで一緒だなんてね。サリーは何をしている人なの？」

「私は大学中退してから6年間世界を旅しているの。夢とか見つけたくて。でもまだ模索中ってとこかな」

「世界中を旅しているなんて素敵ね。でもさっき泣きそうな顔して店に来ていたけど、なんかあったの？」

「あぁ。いや、あの、モンゴルに来たのは実はあの伝説の占い館に行きたくて来たの。それで今日ドリッサの喫茶店に行くまさに前に行ってきたんだけどね。近いうちに死ぬって言われて。はぁ。また思い出したら不安で不安で」

「あらそう。でもまぁ、所詮《しょせん》占いよ！　そんなビクビクして生きていくより堂々といたほうがいいじゃない？　生きてる時も死ぬ時も！」

「う、うん」

　サリーは内心、この気持ちなんて誰にも分かりゃしないと強く思っていた。そんな中ドリッサの自宅に着き、話はさらに深くなっていった。

「ねぇ、サリー。わたしたち二人で力を合わせたら色んなことができる気がするの。そこでね、頼みがあるの」

「え？　なぁに？」

「実は明後日《あさって》アクション映画のオーディションが町であるの。でもうちの喫茶店のオーナー厳しいから休みなんてもらえなくて。それに働かなきゃ暮らしてもいけないし。オーディション諦めていたんだけど、あなたに今日出会って凄まじい希望を感じたの。あなたさえよかったら、明後日だけわたしの人生と入れ替わってほしいの」

「え！　わたしがあの喫茶店で働くの？　なんだか楽しそう！」

　サリーはずっと求められる仕事をしたいと考えていたため、思わぬ形で働ける理由を見つけ気持ちは舞い上がっていた。

「あ、でも。明後日からわたしはロシアに行かなきゃいけなくて。チケットも取っちゃってて」

「えー。そんな。まだモンゴルを全然知れてないでしょ？　お願いよ。サリー」

その時サリーは占い師の言葉が頭によぎった。

（やり残しちゃダメ）

なんだかこの言葉が妙に引っかかっていた。

「ドリッサ、わたしやってみる！　入れ替わるなんて楽しそうだし、ドリッサの夢の力になれるならわたしやってみる！」

「ほんとに!?　きゃぁ！　サリー大好きよ！　ありがとうありがとう」

そうして二人は1日だけ人生を入れ替わることになった。

2日後の朝。雲行きは朝から怪しげだった。モンゴルの空は重く怖い色の雲で包まれていた。ドリッサの家で目覚めたサリー。リビングに行くとドリッサは鏡に向かってアクション演技の練習を入念に行っていた。

「おはよう。ドリッサ。すごい練習熱心ね！　きっと上手《うま》くいくはずよ！」

「サリー、おはよう！　あら？　ほんと？　なんだかパワー張《みなぎ》ってきちゃった！　サリーも今日はよろしくね。きっと上手くいくわ」

「わたしは楽しみよ。働くなんて初めてだけどカフェで働いてみたいってずっと思っていたから、すごく嬉しい！　でもなんだか天気が怪しいね」

「モンゴルの雨はとにかく激しいの。この感じじゃ今日は一難ありそうね。せっかくサリーに1日入れ替わってもらうんだから、念には念をでわたしはもう出るわ。雨が強くなってからじゃ身動き取れないからね」

　そう言うと、ドリッサはオーディションに向けて町に出かけていった。サリーは一人になると、もしかして死んでしまうかもという不安に押しつぶされそうになっていた。でもやらないよりはやるしかないという本来の強気な精神が勝ち、思い切って喫茶店へと向かった。

「おはようございますー」

「ドリッサ、さっさと開店準備お願いね」

　冷たく言い放つのは、喫茶店のオーナーらしきずんぐりむっくりな婆さんだった。〝きっとこの人がドリッサが怖いって言っていたオーナーか〟と胸の中で確認した。「はい！」と返事をして、前日ドリッサから手取り足取り聞いたことをとにかく機敏にやってみせた。

　午前11時。喫茶店が開店した。「今日はものすごい雨が来るみたいだから、きっと客は期待できんね。あんたは床でも拭いてな」とオーナーがするどく言った。

「ものすごいってそんな強いんですか？」

「さっきラジオで3年前の大洪水に匹敵するとか言ってた。あんたの親もそれで死んだんだから、覚悟しときな。まぁ最近天気予報もバカバカしいくらい当たらんけどね」

そう言うと裏の部屋にノソノソと姿を消してしまった。

「え？　大洪水でドリッサの親が亡くなったの？　そんなにおっきな洪水だったの？　なんにも知らなかった……」

サリーは一人床を拭きながら、ドリッサを思い浮かべまた悲しくなっていた。なんだか占い師の言葉がついに本質をついてきたかという恐怖と、ドリッサのオーディションが心配でいてもたってもいられなかった。そんな思いをかき乱すかのように、大音量のミュージックかと思うほどの雷と共に強気にも強気な雨が地面に到着し始めた。

「わ。ついに来た。わたしは生きなきゃ。ドリッサ。祈っている」

そうサリーは強く胸で思った。ガタガタと古びた喫茶店は雨で恐怖の時間へと押し込まれていく。木造建ての天井は雨の抜け道となり容赦なかった。次の瞬間、目で見ていたら失明するほどの光にモンゴルが包み込まれた。

そこからどれくらい経ったのだろう。サリーが目覚めたのは太陽が降り注ぐ暑い時間だった。

「やっと起きたのかい？　一体どんだけ寝るんだよ。図々しいねまったく」

ぶたぶたしい声で嫌味を投げてきたのは、喫茶店のオーナーだった。

「あ！　わたし。あれ？　ここは？　わたし寝ちゃってましたか？」

「寝ちゃってたじゃないよ。ドリッサ、あんた雷には慣れてるはずだろ。それなのに雷で気絶したのか知らないけど雨水が溜まったとこで倒れてたよ」

「すいませんでした。ありがとうございます！　ちなみにいまって……」

「もう1日夜はすぎた朝だよ。ほら起きたならさっさと喫茶店掃除してくれ。今日は晴天だからね、きっとお客が来るよ。ほら急いだ急いだ」

オーナーにせかされ、起きて布団を片付けていた。するとラジオから流れてきたニュースに身を凍らせた。

「昨日起きました嵐の影響で、モンゴル発のロシア行き航空機が墜落しました。繰り返します、モンゴル発のロシア行きの航空機が嵐の影響を受け墜落しました。いま安否の確認を改めて進めていますが、いま入ってきている情報によると乗客含め235人全員が死亡しているとのことです。また詳しい情報が入り次第お送りいたします」

固まっているサリー。「あぁ、あんな嵐の中飛行機出したのか。アホだねぇ。去年もそれで墜落したってのに、学ばないね世界は」とオーナーが独り言のようにぶつぶつ文句を言っていた。もしも、この喫茶店に辿《たど》り着いていなかったら、もしも、ドリッサと出会っていなかったら、もしも、占い師が正直に言ってくれなかったら、サリーの生涯は本当に終わっていたのかもしれなかった。

「すいません！　すぐ戻ります」

サリーはそう言うと、とにかく走ってドリッサの家に向かった。家にはドリッサはいなかった。

「え？　なんで。帰れなかったのかな、ドリッサ。大丈夫かな」

サリーは自分が生きているのと引き換えにドリッサになんかあったらと、今度はものすごい不安に襲われた。するとそこに、一本の電話が鳴った。

「はい、もしもし？」

サリーが出ると「あ！　サリー!!　わたし！　ドリッサよー！　大丈夫？　無事!?」。

「あぁぁぁぁ。ドリッサーー!!　わたしも無事よ。そんなことよりドリッサは？」

「サリー。ニュース聞いた？　飛行機の。わたしニュース聞いた時、ほんとにほんとに驚いた。サリーがもし今日ロシア便に乗ってたら、って想像しただけで悲しくなっちゃって。だからわたしのわがままが少しは役にたったのかな……」

「ドリッサ。わたしなんかの心配させてごめんね。ドリッサは間違いなくわたしの命の恩人よ。あの時、ドリッサの夢を応援しよって決めたからきっとわたしはいまここにいる。ほんとにありがとう。ドリッサは？　オーディションどうだった？」

「オーディションね、豪雨のおかげって言ったら悪いけど、誰もオーディションに来られずで、でも日にちが迫ってるから、オーディションのやり直しもきかないから、唯一来ていたわたしに決めてくれたの!!　受かり方は堂々とはしてないかもしれないけど、どんな方法であれとにかく映画は決まったの！！！」

「わー!!　やったー！　ドリッサ6時間前に家を出て正解だったね！　やる気がきっと合格に繋がったのよ！　ほんとにおめでとう。わたし必ず観るからね」

「ありがとう！　頑張らなきゃいけないのはこっからだけどね。とにかくよかった。でね、もうすぐに町のほうで演技指導やアクション練習に入らなきゃならないから戻れなくって。喫茶店のオーナーにはもうこうなったら仕方ないからわたしから電話して全て伝える！」

「もし、よかったら、わたしが代わりに働いて待ってるよ！　どう？」

「え？　いいの?!　でも旅の途中じゃないの？」

「んーなんかもう、旅はいいかなって。モンゴルが最後の国でいいんだと思うの。なんかすごい得たものがある気がしてね」

「サリーがそう思うならわたしは大賛成よ。わたしが撮影終わったらまた会えると思うと嬉しいし！　でも何カ月もオーナーに黙ってるわけにもいかないから、真実はわたしから話すわ。代わりにサリーが働いてくれるって伝えるね。うちを自由に使ってね」

「ありがとう、ドリッサ。ドリッサのおかげで生きてるって感じてる。ほんとに。なんだか気持ちも楽になったし、頑張ってみるね」

「こちらこそ、サリーのおかげで夢の女優への大前進になったわ。わたしたちこの3日ですごい人生の岐路を経験したかもね（笑）」


二人は電話を切った。そしてサリーはドリッサが帰ってくるまでの半年間、この喫茶店で働き続けたのであった。こうして、サリーの人生もドリッサの人生も、助け合ったことにより互いが幸せな道へと歩むことができた。先の決まった未来に左右されずに、悔いのない人生を選択した二人。勇気と希望をサリーは間違いなく見つけられた旅となった。

ドリッサは着実に女優として腕を磨き、いまや喫茶店のオーナーが敏腕マネージャーとなり世界を飛び回る女優へと進化した。一方サリーは、後に故郷である台湾に戻り、モンゴルであった出来事を忘れまいと、天気予報士の資格をとり雨の種類を充分に把握している。

オリジナルはこんな物語です

## 江國香織『号泣する準備はできていた』（2002年）

ドラマチックに感じるタイトルとは裏腹に、一つの恋が終わった女性の心のうつろいを淡々と描いた作品です。大学を中退して旅とバイトの日々を送っていた文乃《あやの》はイギリス・ノーフォークの海辺のパブで出会った隆志と恋に落ち、身体を重ねます。「あんなふうにらくらくとするすると、しかもぴったり重なり組み合わさる」愉悦に満ちた瞬間がいくたびも訪れます。帰国後、当然のように同居し始める二人でしたが、恋の終わりは唐突に訪れて……。

タイトルの意味は、冒頭に分かります。別れてもなお、ときおり部屋を訪ねてくる隆志から電話がかかってきます。文乃と二人、クリスマスツリーを買う夢を見たのだと言うのです。そのとき、文乃は思います。「私はたぶん泣きだすべきだったのだ」と。

旅先で号泣しそうになりながらもドラマチックな人生を送ることになるカレンさん版のサリーと異なり、文乃の日常は淡々と続きます。そんな人生の一幕を切り取った全12篇が並ぶ同名タイトルの短篇集で江國さんは直木賞を受賞。余談ですが、このときの同時受賞者は京極夏彦さん。そして芥川賞は金原ひとみさんと綿矢りささんのW受賞。なんとも豪華な回でした。

馴染み知らずの

# バナナフィッシュにうってつけの日

ザザー、ザザー。

そこは海が楽しそうに踊りながら、暖かい風がひたすら窓からお邪魔する海辺のホテル。窓辺に今にも壊れそうなミシミシヴィンテージの木の椅子を持ってきて、海を眺める一人の女性がいる。夜の海は気持ちがいい。昼間のベタベタした潮風を丸々忘れて、保湿抜群の夜がやってくる。

「ほんっとに、くつろげる。海っていいわね〜。毎日見たって飽きない」

コソリと誰にも聞こえやしない声で発言をするのは、この海辺のホテルの主である、ルッコ。ルッコは都会の誰もが追いかけたいキャリアウーマンだったが、ある死ぬほどの恋からの大失恋を機に、2年前都会に背を向けることを決意した。ビルごと追っかけてくるんじゃないかと思うほど惜しまれた。だがルッコは今、この5キロ先まで明かりが見えない虫と波と風の音しか感じさせない海のホテルをとてもとても気に入っていた。

「あーぁ！　今日もゲストは0か。まぁもう私の家みたいなもんね。小さいことは気にしないっと」

ルッコの口癖のように広がる「ゲスト0」。そりゃそうだ。ここは辺鄙《へんぴ》な場所にある上、周りには無が似合うほどなにもない。車を53分飛ばしてやっと小さなガソリンスタンドがあるくらいの地域なのだから。もはや、ここにホテルがあるということを知っているのはルッコだけなのではないだろうか。

ホテルの名は「エリンギキャンパス」。流木で作られた外観に、客室は男一人分くらいの絵が入るくらいおっきな窓が自慢だった。そしてあと一つ、ルッコだけが知っているこの場所のとっておきの自慢もあった。ルッコにとってはこれ以上にない気に入りさを得ていた。ただ一つ、ゲストが0ということ以外は。


プルン、プルルルル、プルルル。静かな夜に似合わない機械的な音が鳴り響いた。

「こんな時間に誰かしら。よいしょっと」

壊れそうな椅子を回転させて腰を上げた。

「はい、もしもし」

「あ、ルッコ？　私よ、ママよ」

「あ、ママ？　どうしたの、こんな時間に」

「あんたホテルはどうなの？　ちゃんと食べてる？　お客さんは増えたの？」

母のトリコはいつもと変わらない質問をし始めた。

「ママ、そんな電話いちいちこんな時間にやめてよ。私なら元気よ」

「今日は違うのよ。レモーネのことで」

レモーネとはルッコの妹だ。

「え？　レモーネどうしたの？　なんかあった？」

「レモーネのね、あの結婚したザッキーのことなんだけど」

「あぁ旦那さんね。なに？　ザッキーがまさか浮気でもしたの？　許さないわよー？」

「違うのよ。ザッキーがここ数週間、なんだか変な地図だか絵だか不気味なほど見たことない地形を描きつづけてるみたいでね。レモーネがなにかって聞いても見るな、あっち行け！って部屋から追い出されちゃうってのよ。なんだと思う？」

「んー仕事で使うものとか⁇　にしてもなんて奇行をする旦那なの！」

「やっていい奇行とダメな奇行があるわよね」

「そうよ。ま、そんな大したことじゃないはずだからほっとけってレモーネに伝えて。心配ないわよ」

「そう？　じゃああまり気にしすぎないようにって伝えるからね。ルッコのホテルにみんなで行って、近々息抜きでもさせてみるわ。ルッコも身体《からだ》には気をつけなさいよ。じゃあ、元気でね」

「待ってるわ。ママこそね。また電話してね。おやすみ」

電話を切った。数週間ぶりの母との電話は、あっけなく海風かのように、終了した。「一体、ザッキーったらなにしてんのかしら」とプンスカした様子でルッコは眠りについた。

晴れ渡る日差しがカーテンから差し込む中、朝が来た。今日もいつもと変わらず波の音で起こされる朝。「今日も相変わらずお客さんは来ないわね」と呟《つぶや》くルッコ。一通りホテル内の掃除を終え、いつも通り窓からぼんやりと海を眺めていた。

すると、聴き慣れない機械音が。ブブブブブ、ブブブブブブ。明らかにエンジン音だ。やはり、反対側の窓を見ると珍しいことに、小さなヴィンテージ車がホテルの目の前に停まっていた。

「わぁ‼　お客様かしら。珍しい」

ルッコは海の高波かのように高鳴る胸を抑えて、空気を吸うよりも早く、階段をわんぱく大将のように降りた。木の分厚い玄関ドアがギギギと厳しい音を出し、久しぶりに開けるのがバレてしまうほどな気持ちで、ルッコが開けた。

「いらっしゃい……ま？　……せ」

ルッコの花が咲くような笑顔は、一瞬でしぼんだように真顔になった。それはそのはずだ。目の前に立ちすくんでいたのは、間違いなくルッコの元恋人、ガッシアだった。ルッコはどんな顔をすればいいのかわからず、とりあえずドアが閉まらないように押さえるしかなかった。

「あ。え……ひ、久しぶり。いや、いらっしゃいませ」

固まりかけのルッコから口を開いた。

「ルッコ。久しぶり。元気だったか？」

ガッシアは不思議なことに、ルッコが出てきたことを当たり前かのような顔で見ていた。なんなら、いたことを知っている表情すらある。

「あれ？　驚かないの？　私が出てきて（笑）。だって通りがかりでしょ。どう考えたって」

ルッコは思わず一番気になったことを聞いてしまった。

「あ。うん。まぁ。驚いているよ」

棒読みかのようにガッシアが答えた。なにか変な態度だと感じたが、あまりの驚きから動揺を隠せないでいたため、あまり深く聞く気にもならなかった。ルッコは冷静に接客した。

「1泊のご宿泊でよろしいでしょうか」

「いや、ちょっとこっちで仕事したくてね。1週間泊まりたいんだけど、部屋空いてるかな」

思わぬ長期滞在に少し嬉しい気持ちが隠せないルッコ。

「もちろんです！　予約は見ての通り0だから。いつまででもご宿泊できます」

「それはよかったよ。じゃあ頼む」

なんだか、ガッシアとは8年も付き合っていたというのによそよそしい二人が気持ち悪い。

「じゃあお部屋にご案内します」

誰もいないため、ガッシアにはこのホテルで、一番いい部屋に案内した。

「どうぞ。Sea is Sun という一番いいお部屋になります」

ドアを開けると、そこには太陽の光がカーペットのように部屋中を照らしていた。フカフカなダブルベッドの上にはどこかの誰かが描いたイタリアの街並みの風景画がかけられている。おっっきな窓から、汚れやゴミを知らない白い砂浜に、輝きながら青いグラデーションで豊かな顔を持つ海が楽しんでいる。それはもう楽園だ。

「素敵な部屋だね、ルッコ。とても気に入ったよ」

「それはよかった。自慢の客室なのよ。ゆっくりくつろいでね。夕食は19時から。まぁ言っても、あなたしかゲストはいないから、好きな時間でいいわ。下のレストランで食べれるけど、いる?」

「あぁ。もちろん、いただくよ。君が作るんだろう？　楽しみにしているよ。19時にね」

「わかったわ。じゃあ、19時に、レストランで」

そう言うとルッコは部屋を後にした。二人の会話はいつのまにか緊張が取れたのか、少しずつ〝あの二人〟に戻っていた。フワフワした感覚を感じたルッコ。改めて、ガッシアが来たことを冷静に考えながら夕食の支度をしていた。

「なんで、急に来たのかしら。しかもこんな辺鄙な場所。どうやって見付けたのかしら……」

考えれば考えるほど、不思議でたまらなかった。でもなんだか心は晴れ晴れとウキウキしていた。それはそのはず。ルッコは、ガッシアのことをとても愛していた。人生で一番の大恋愛でもあった。別れた理由は、ガッシアの仕事。あまりに多忙なガッシアは出張三昧《ざんまい》でルッコとの時間を少しも取れていなかった。そのため会えば喧嘩。ガッシアの昇進もかかってきたある日、あまりの喧嘩の多さに耐えられなくなったガッシアはルッコの前から姿を消した。置き手紙には、「今までありがとう。愛していたよ。心から。世界一の幸せ者になるんだよ。さよなら」と、ガッシアの優しさが文字にも詰まっていた。

ルッコが喧嘩をふっかけ、わがままを言い、ガッシアを困らせていたため、ルッコは自分をたくさん責めた。優しいガッシアにたくさんひどいことをしていたのだ。まさかいなくなる日が来るなんてルッコは考えたこともなかった。物理的な距離は離れたものの、ルッコの心の距離はあの日から離れたことはなかったのだ。だからこんな形で再会できたことがルッコにとっては嬉しくてたまらなかったのだ。伝えたかったことを、ガッシアがいる1週間以内に伝えられるかばかりを気にしてしまう。

時計は19時になろうとしていた。テラスのレストランは薄暗い海をキャンドルたちがライトアップしていた。

「やぁ」

ガッシアがやってきた。

「くつろげた⁇　お腹は減ってる？」

「部屋は快適で、ついつい昼寝をしちゃったよ（笑）。おかげでお腹ペコペコだ」

「よかった！　ゲストも他にいないからガッシアが好きなご飯にしたわ」

そう言うと厨房から、前菜を運んだ。

「はい。ホタテとアスパラのホワイトソースがけです」

「きれいだなー。僕の好きなホタテだ‼　やったぁ！　じゃあいただきます」

そう言っておいしそうな前菜に手を伸ばした。ルッコはさりげなく厨房に戻った。すると
「ルッコもここにいてよ」

ガッシアにそう声を掛けられた。

「いいの？」

「あーもちろんだ。ちょっと話そうじゃないか」

そう言われると、ルッコはガッシアの目の前の席にちょこんと座った。

ザーザー。

海の動く音が二人の耳の中に入ってきた。ルッコはずっと気になっていたことを話してみることにした。

「なんでこのホテルに来たの？」

「んー。どうしてだと思う？」

「偶然にしてはこんなところに来るなんて思えないし、わざわざだとしたらどうして？」

「これだけは言っておくけど偶然ではないよ」

「え？　そうなの？　じゃあどうして？」

「なにも飾りをつけないで言うのなら、君に会いに来たんだよ」

ルッコは、胸の高鳴りを抑えられなかった。初恋をしたかのように顔が火照《ほて》る。自分の体が熱くなるのを、心底感じた。

「私も会いたかったわ。ずっとずっと会いたかった」

ルッコは喉まで来た言葉を素直に口にした。その夜二人は今までの2年間を埋めるようにたくさんの話をした。波が二人の話のＢＧＭのように静かに心地よく奏でていた。

次の日。

「うぅ〜。頭痛い〜」

ルッコは昨夜、話に花が咲いたと同時に久しぶりにワインを飲みすぎた。太陽の日差しがそれをさらにヒートアップさせた。

「おはよう、ルッコ！」

平然な顔をしたガッシアが部屋から降りてきた。

「おはよ。そうだった。あなたは相変わらずお酒が強いわね。私は久しぶりのワインで頭ガンガンよ」

「大丈夫かい？　お水持ってくるよ」

ガッシアの優しさは健在。少し冷えた水をルッコに渡した。

「ありがとう、ガッシア」

「僕は少し散歩してから、部屋で仕事をするよ。あ、そうだ。今日19時からあいてる？　海辺を少し散歩しないか？」

「えぇ。もちろん。飛び入りゲストが来たらあれだけど……まぁきっと来ないから大丈夫よ！（笑）」

「よかった。じゃあ19時に」

ルッコは明らかに今夜が楽しみになった。


あっという間に夜が来た。19時になると、ガッシアがロビーのルッコがいる場所に迎えに来た。

「え？　どうしたの？　その格好」

白シャツに白のハーフパンツのかなり清潔感たっぷりのガッシアがそこにはいた。

「え？　まぁ久しぶりのデートみたいなもんだから」

「デ、デートなの？　なんか照れるね」

ルッコは急にデートなんて言われたもんだったから、冷静な顔を急遽《きゅうきょ》したが、内心乙女心は爆発していた。そうして二人は、星がちりばめられた空の下で海辺をデートという名の二人歩きをした。サクサクと足で踏むと沈む砂浜。

「ねぇ、ルッコ。僕がいきなり姿を消して怒ってない？　もう許してくれてる？」

ガッシアが口を開いた。

「え？　なに言ってるのよ！　怒るもなにも後悔の嵐だったわ。だってガッシアはなにも悪くなかったもの。私が仕事を理解してあげられず、自分ばかりだったから。ガッシアが出ていくのも当然だったわ。今考えるとね」

「優しいね、ルッコは。僕を責めないなんて」

「優しいのは、ガッシアよ」

立ち止まるとガッシアは星空を見ながら話しだした。

「僕は2年間、君を忘れたことはなかった。でも会社で重大なプロジェクトに関わっていたから、ついプライベートだなんてお気軽なこと気にしてられなくて」

「ええ。わかるわ、とっても」

「でもルッコと離れて2年。仕事には集中できたとはいえ、なんのために頑張ってるんだかを見失ったんだ。そして僕は今ここに全ての仕事を辞めてやってきた」

「え?! ガッシア、なにを言ってるの?」

「君が受け入れてくれるなら、僕は君とこのエリンギキャンパスを守っていきたい。そして、君の笑顔の源になりたい。ルッコ、僕と結婚してくれないか」

ルッコの耳から全ての音が消えた。波の音すら、風の音すら入ってこない。聞こえてくるのは、自分の心臓の音が速いってことだけだった。嬉しさと喜びが喉で渋滞し、なかなか思いが口に出てこない。

「ルッコ?」

優しいガッシアの声が聞こえてきた。ルッコの頬には涙が通っていた。そして「も、もちろん。ガッシア、私もあなたを365日笑わせられるような存在でいたい」。二人はそれ以上の言葉を言わずとも身体を抱き寄せあった。

その瞬間、反対側の道路からプップーとでかいクラクションが鳴り上がった。

「あら? こんな時間に誰かしら」

その瞬間「コングラッチュレーション!」と、ルッコの家族全員が出てきた。

「え? 待って。なんでみんないるの? 知ってたの?」

「ルッコ〜! 知ってたもなにも、私がザッキーの奇妙な行動で相談電話したじゃない? あれ、レモーネに詳しく聞いてみるように言ったらね、なんと夜な夜な描いていたのはあんたのこのホテルの地図だったのよ。ザッキーたら地図描いたことないからとにかくヘンテコな絵で最初は頭おかしくなっちゃったのかって心配してたけど、理由聞いたらガッシアがプロポーズしたいから、ルッコに秘密で地図を描いてくれってお願いしてたみたいよ」

母がペラペラとあっけなく全貌《ぜんぼう》を明かした。

「なんだぁ。奇行ってのは全てこのことに繋がっていたのね」

「おねぇちゃんのことだから、ぜっったいプロポーズ受け入れると思ってたから、みんなでお祝いしたくて、ガッシアさんと連絡取り合って今日の夜行こってなったのよ！　ルッコ本当におめでとう！」

「レモーネ、ありがとう。本当に、私夢の中にいるみたい」

「なんか心配かけちゃってさーせんでした。なんか協力したくて、俺っ！」

ザッキーが明るい声で場を飛ばした。

「いいのよ。むしろザッキーのおかげよ。ありがとうね」

「どいたまっす！」

「ルッコ、僕が一生君を幸せにするからね」

「うん、ガッシア。ずっとずっとそばにいさせてください」


空を見上げる家族一同。

「あ、みんな見て。光の輪っかで空がおっきなバナナみたいでしょ？　あれなんていうか知ってる？」

ガッシアが指で空をなぞりながら説明してきた。

「キレーねぇ。知らない。なんていうの？」

「海の上に浮かんだバナナが今にも動きだしそうに見えるからって、バナナフィッシュっていうんだよ」

「あはっ、可愛い名前」

「エリンギキャンパスには敵《かな》わないけどなぁ」

「はっはっはっは」

みんなの明るい笑い声は空まで届いた。バナナフィッシュを見るには、それはそれはうってつけの日だった。

のちに、「エリンギキャンパス」はガッシアの長年積み重ねてきた営業力のおかげで、「バナナフィッシュ」という名前に改名することになった。

オリジナルはこんな物語です

## サリンジャー『バナナフィッシュにうってつけの日』（1948年）

アメリカの海辺のホテルの一室、マニキュアを塗っていたミュリエル・グラースのもとに、ニューヨークの母親から電話がかかってきます。兵役を終えて間もない、娘の夫・シーモアの精神面を心配しているようです。同じ時間、シーモアはビーチで一人の少女と出会い、「バナナフィッシュ」をつかまえようと提案します。バナナが入った穴のなかに泳いで入っていき、バナナを食べつくす魚です。波が来たとき、少女はバナナフィッシュが見えたと言います。

『ライ麦畑でつかまえて』で知られるサリンジャーの自選短篇集『ナイン・ストーリーズ』の冒頭におかれた一篇。衝撃的なラストシーンが印象的で、彼が後々まで書き続けた「グラース家の物語（グラース・サーガ）」の最初の作品でもあります。邦題は訳者によって異なりますが、『バナナフィッシュにうってつけの日』は野崎孝訳。原題は「A Perfect Day for Bananafish」です。

# 馴染み知らずの
# みだれ髪

これは遥か昔のムクッと温かい、情熱溢《あふ》れる物語です。時代は昔々の〇〇時代と呼ばれてしまうほどの昔だ。春の木漏れ日が揄《すく》うように障子から突き刺さり、桜の花がペタペタと地面にお化粧するかのように散り下がる。春も春でいいとこだ。ピンクから茶系に差し掛かる桜は早く存在自体をチリトリにされてしまいたいように、はじに集まる。

ガラ、ガラガラガラ。なんだか油の利かない横扉が無理やり嫌な音を出すように、開く。パカパカ。下駄が石に食い込みそうになりながら、足音を街に響かせる。街は数人の、桜も聞き捨てならない世間話をコソコソする主婦たち、どこからともなく手にした三輪車を転がしている小さな坊ちゃんが自由気ままに流れていた。そんな空気を変えるように下駄女が顔を街に出す。街人の目線がその下駄女にあつまる。そこには髪の毛がこんがらにもこんがり合う、絡まりボサボサ頭の女が出てきた。ザワッと一瞬空気を変化させると、また何ごともなかったかのようなその時間が戻る。

下駄女の名前は「晶子」。この街ではちょっとした、名物女だ。晶子は何十年もの間同じ家に住んでおり、家族関係、年齢、職業は誰からも謎にされており、ただただ髪の毛がこんがらがる女としてちょっとした下手なお化け扱いだった。誰も近寄らない、2階建てだが、なんとも人形の家のように小さく古びており、やる気のない桜の木が敷地内には1本育っていた。

　こんがり頭の晶子はそーっと街に出ると首を曲げられるまで曲げ、あまり人目を気にしないようにと歩いた。5、6日に一回しか家から出ない晶子は、久しぶりの外出だった。久しぶりの登場に街にいた数人が目を集中させるが、慣れたご近所さんたちは3秒後にはまるで晶子なんかいなかったようにして、時間さえもが晶子を無視するようだった。晶子は慣れていた上にご近所づきあいに力を入れたいと思ったこともなく、別になんだってよかった。自分の容姿がどうであれ。からみ合う髪の毛が重さを発し、くたびれた着物は色味を失い、女性としては見られない風貌《ふうぼう》だった。そんな果てしなく寂れきった晶子の生活だった。


　とある日曜日。晶子は久しぶりの外出だった。相変わらずの髪の毛は長いため、ただひたすらこんがらがっていた。その日は珍しく、街には誰も出ていなかった。晶子はなんだか安心した。いつもより下駄音は軽い。すると、目の前から自分に似たような灰色混じりなオーラを放ち歩いてくる人がいた。

「こんな場所に鏡なんてあったかしら」

　晶子はボソっと呟《つぶや》く。そう、自分が映っているかと勘違いするほどな風景だった。だが、だんだんとその姿は近づく。晶子は重いこんがり頭を上げて目を細めてその人を見ようとした。晶子が人に興味を示したことはあっただろうか、と思うほど見たことのない晶子だった。その人との距離が20m、10m、5mと近づく。晶子は目を見開きこんがり頭の間からしっかりとその人を見た。

「！！！」

ビビーン。全身に水が入ったかのように潤いが走った。なんと、晶子の横を通りすがったのは、晶子を分身にしたような似てたまらない男の姿であった。薄茶色でよれた上に力なく縦縞が入った着物に、鳥小屋風味のぐしゃぐしゃ頭、メガネのレンズは指紋だらけの役立たずだ。だが、顔は悪くない男だと一瞬で読み取れた晶子だった。そしてその男も自分に似た、しかも女を目にして一瞬だが目をまん丸にしていた。

「そんな指紋だらけのメガネで何か見えたのかしら、ふふっ」

晶子はまた独り言をブスっと呟き、気にはなったが振り返ることなく街を進んだ。

次の日も、また次の日も、晶子は家から出ることはなかった。そして6日後の土曜日の夕下がりだった。晶子は外出した。するとなんということだろう。あの6日前に見かけた鳥小屋頭の男に出くわした。どうやら晶子の近所に引っ越して来たようだ。鳥小屋頭の男は晶子の隣の隣の家から出てきた。進む方向が一緒だったためなんだか晶子がつけているような、不審でたまらない光景だった。晶子は鳥小屋頭の男が出てきた家で足を止めて、横目でなんとなく観察した。表札には薄い消えそうな文字で、「常田」と書かれてあった。

「ツネダ……。なんて収まりの悪い名字だこと」と晶子は呟いた。年齢も職業も知らない鳥小屋頭の男に、晶子は次第に引き込まれていった。まだ恋だと知らずに……。

晶子は鳥小屋頭の男に会いたくてたまらない気持ちが徐々に強まるのに、複雑な対応しかできなかった。話してみたい、声を聞きたい、顔が見たい、名前が知りたい。そんな気持ちは初めてであった。

そんな気持ちから、晶子は5、6日に一度しか外出しなかったが、2、3日に一度は街に出るようになった。鳥小屋頭の男は週に3回くらい見かけられるようにはなった。晶子はその度に増えていく気持ちを止められずに、その日は急いで家に帰った。急いで帰ると、ぐちゃぐちゃに荒れた机から宝探しのように、手にペンをとり、紙を手にした。そして自分の思いを紙に書いた。無我夢中で書き上げた手紙は新鮮さを超えて、言葉が発したような手紙だった。そして緊張しながらも、こんがらがった髪の毛をかかえながら、晶子は鳥小屋頭の男の家のポストにガザッと手紙を入れると急いで家に戻った。心臓は爆音が他から流れていても聞こえるほど高鳴り、晶子は心臓が間に合っていない自分を感じた。

数日後……。また晶子は外出した。見た目を一瞬も気にしていない晶子は相変わらずな風貌だった。外では雨が降ってきた。晶子は渋々雨に濡れると余計に厄介《やっかい》になる髪の毛を気にして家に戻る。すると、「あの！」。ザバザバと勢いよく降る雨で聞き逃すような声だったが晶子は身体《からだ》が勝手に反応した。道端なんかで人と話したことはもちろんなかったし、話しかけられることはもっとなかったのだ。ゆっくり振り返ると、相変わらずな鳥小屋頭を保つ晶子が気になるあの男が立っていた。雨で鳥小屋頭は空間が潰《つぶ》れ気味で、水によって余計に黒髪が光り、まるで岩のりを頭に乗せてるような姿がそこにあった。

（きっと私もいまこんな姿なのだろう）

晶子はそう思いながら、男を見ていた。「はい」と冷静に返事をすると、「お手紙……ステキなお手紙ありがとうございました。あなただということはすぐにわかりました」。

「え？　なぜ、わかったのですか？」

男からの直球パンチを受けたような恥ずかしさが止まらなかった。

「なんだか情熱的な文でしたし、そこには上質とは間違っても言えない髪の毛が数本入ってましたから」

晶子はドキっとした。まさか自分の情熱さで頭をかきむしりながらラブレターを書いたことなんて死んでも言えなかった。

「申し訳ありませんでした。あんな不躾《ぶしつけ》なお手紙を。ただ気持ちが……収まらなくて」

晶子は素直な気持ちを次々と吐き出した。

「う、嬉しかったです。あなたともっと話がしたい」

「え、さようですか？　私もあなたとお話がしたいです」

二人は急な雨の日の会話から、急遽《きゅうきょ》距離を詰めるようになった。鳥小屋頭の男は、やはりツネダという男だった。ツネダヤスシロウ。これが男の名前だったが、名前以外をズカズカ聞くことは恐れ多く、晶子の最大限の質問だった。まぁ、いつか仲良くなったら聞こう、そんなつもりでいた。


出歩かない晶子同様、ツネダもめったに出歩かない冴えない男だった。二人は週に2、3回ボサッと出てきては、歩き慣れた足が自慢の二人だったため、いつも街中を徘徊《はいかい》していた。

ツネダは非常に物知りだった。

「セミって何週間生きるか知ってるかい？」

「え、10年くらいかしら？」

「ははっ。まさか。たかが10日間なんだ。一夏の命。やたら叫んで床にポトリでさ。切ないもんだ」

「え？　そうなのですね。儚《はかな》くも強気な生き物なのですね」

「後先考えず、1日、1日を全力で鳴き叫び果てていく……人間は何十年も生きていけるという勝手な信頼があるから、なかなか1日を全力にとはいかないもんだよね」

晶子はキュンとした。

「僕は思うんです。平均とか一般的とか統計とか嫌いで。わかりますか？」

「なんだかわかります」

「どんな生き物だってそうです。平均や統計を取るからそういう僕たちは生き物なんだって勝手な解釈が生まれて。急に数日後に死ぬってわかったら焦りますよね。だけどそれはあと何十年も生きていけるという確信があるからで。誰もその生き物の寿命を知らなかったら、きっと、また違う生き方をしていると思うんです」

「ステキな考えですね。でも、ツネダさん。私は逆で寿命を知れているからこそ、ゆっくり時間をかけられることがあったり、タイミングをうかがったりできることもあるのかなと。だから私はこの人生も好きです。特にツネダさんとの出会いは、私以外だったらできていなかったと思うと、初めて自分が自分でよかったと思いました」

ツネダはフッと笑い空を見上げた。

「あ、なんだか失礼なこと言ってしまいまして申し訳ありません」

晶子は謝った。

「いえいえ、謝らないでください。晶子さんの言う通りですね。寿命がわかってるからこそ、できることもありますものね」

ツネダはいつも、人の意見を優しく理解してくれた。自分の意見は常に持っていたが、決して晶子の意見を否定的にすることはなかった。そんな芯の強さと、振りまく優しさを晶子は余計に好きになっていた。


二人の仲は階段を駆け上がるように進んでいった。毎日会うことはなかったが、その分週に2、3回会う日は朝から夕日を見るまで街を徘徊しながら語り合った。二人のもうあともどりできない迫力的な髪の毛はどちらも注意することなく、放置されていた。近所では、頭上爆発カップルとささやかに呼ばれていた。二人は内面に夢中で髪の毛を気にする暇はなかったのだ。

晶子は毎回手紙をツネダに渡していたため、ある日こんな質問をされた。

「晶子さん、先日もお手紙ありがとうございました。またまた胸に響きました。最後の夕日を見ないなんて風で回らない風車のようだ、って文が魅力的でした」

「え。ありがとうございます。なんだか夕日を見ないって自然に逆らう人間くらいな気がして。つい」

「晶子さんはもししてるなら、一体どんなお仕事をしているのですか？」

「私……作家でして。まぁ自分で言うのも恥ずかしいですが。年に1、2回フリーペーパーからお電話があるので、その時のために根強く書いてまして」

「あ、作家さんだったんですか。僕も実は詩を書く仕事をしてましてね。晶子さんは準備万端な方なんですね。思った通りだ。筋が通ってる」

「ツネダさん。詩を書かれるなんてどうりでよく空を見上げるわけですね。どんな所で書いているのですか？」

「僕はちょっとした掲示板に。まだまだ毎日オーディションのつもりです」

「いつかちゃんとした本で読みたいです」

「ありがとうございます」

二人はやっと仕事について語ることができたが、驚くほど似たレベルで戦うお互いに余計に親近感が湧いた。

そんなある日。ツネダは一人で川沿いを散歩していた。ツネダの鳥小屋頭はまた大きさを増したようだ。収入がなくご飯もろくに食べていないその体は木の枝並みの細さであった。川沿いでペンと紙を持ち、詩の発明に没頭していた。何の気なしに紙に目を落とした瞬間だった。バサバサバサバサバサバサバサッ！！！

「うぉぉぉ！」

ツネダは聞いたこともない素っ頓狂《すとんきょう》な声を荒らげた。なんと、こんがらがり頭が獲物だと思ったイヌワシに、一瞬の隙にツネダはさらわれたのだった。イヌワシは、晶子の住む街に大量発生しており大問題となっていた。テレビも新聞もないツネダからしたら情報遅れもはなはだしかった。周りには人もおらず、助けを呼ぶ人すらいなかった。最強のイヌワシはツネダをしっかり押さえたまま、遠くに行ってしまった。

静まり返った川辺。夕日に染まり髪はオレンジ色になってゆく。何も知らない晶子。

日は暮れ次の日になった。晶子はいつものように、ツネダの家に行きドアをノックした。

「ツネダさーん？　晶子です」

だが、返事はない。

「あら。何してるのかしら」

留守だったことは一度もなかったツネダだったため晶子は心配になった。街を練りに練り歩き、ツネダを探した。ツネダはどこにもいなかった。そしてまた太陽がオレンジ色になってゆく。晶子はあの、ツネダがイヌワシにさらわれた川沿いにいた。

「ツネダさん。どこに……」

その時、道にオレンジ色に照らされた紙とペンを見つけた。晶子はかけ近寄り、拾い上げた。

「これって。もしかして」

紙を見るとそこには大量の詩が書かれていた。晶子は隅々まで読むと、ひとつの文を見つけた。

**晶子　女性を愛した　こんなにもくるしい**
**心臓が動いている音を初めてきいた気がした**
**美しく　整列された　鼓動だ**
**晶子を思うたびに　新しい自分に出会える**

晶子は字をなぞりながら、1滴、また1滴と涙がこぼれた。

「ツネダさん……こんなステキな言葉を」

晶子は嬉しくてたまらなかった。涙を拭こうとした瞬間だった。バサバサバサバサバサッ!!

「きゃぁ!!!」

ツネダをさらったイヌワシが晶子めがけてまた、爆発的な髪の毛を狙ってやってきた。

「やめてっ! いたいっ、やめなさいっ」

晶子は必死で手で追い払うが、イヌワシは圧倒的な力でこんがり髪に爪をむき出した。そしてあっという間に、晶子はさらわれてしまった。また、川辺には静まり返った環境だけが残る。そして、二人は連続して同じ場所でイヌワシにさらわれてしまったのだ。


近所ではたちまち二人が消えたと噂が広がった。ただでさえ、二人とも暗く枯葉で覆われた家だったが、余計にどんよりして見えた。二人は謎な失踪を遂げたと思われ、近所の人からもなんの捜索願いも出されず、噂だけがただひたすら広がっていった。二人は座敷わらしだったのではないかや、ドッペルゲンガーで会ってしまったから消えてしまったんではないかや、二人して駆け落ちしたのではないかなど、噂はさまざまだった。

のちに街は髪の毛のこんがらがることを禁止した法律さえ作った。その名は、みだれ髪禁止法。

オリジナルはこんな物語です

## 与謝野晶子『みだれ髪』（1901年）

情熱の歌人、与謝野晶子の最初の歌集です。全6章にわたり399首を収めていますが、その多くは若い女性の恋愛感情を大胆に、そして素直に詠んだ作品です。

やは肌のあつき血汐《ちしほ》にふれも見でさびしからずや道を説く君

当時、晶子は後に伴侶となる与謝野鉄幹との恋愛の最中にありました（初版は本名の鳳晶子《ほうしょうこ》名で上梓）。ただし、鉄幹は妻子持ち。近代短歌史で重要な役割を果たした文芸誌「明星」の主宰者と、その同人で若く才ある女性との不倫は、文壇の大スキャンダルとなりました。未婚女性はつつましくあるべし、との風潮が現在より格段に強かった時代、いわば禁断の恋を堂々と宣言するかのような歌集は多くの人の眉をひそませるに十分なものだったのです。とはいえ、若い世代はこの新鮮な歌集を受け入れました。題名の入ったこの一首など、いま読んでも新鮮な歌が並んでいます。

くろ髪の千すぢの髪のみだれ髪かつおもひみだれおもひみだるる

馴染み知らずの

# 蟹工船

これは、僕の蟹工船で働いていたときの、今でも思い出すたびになんだかクスッと笑えてしまうような出来事だった。僕が働く港は、主に蟹やイカや鮫などを捕まえる港だった。僕は、蟹が小さい頃から好きだったため、蟹専用の働き手にしてもらったのだ。ここの港では特に蟹に力を入れているため、蟹工船という船があり、蟹を取って缶詰に加工するという画期的な船があった。

ある日の朝、当たり前のように港へ向かった。だが、最近は次々に体調を壊す漁師が多く、その日も体調不良の者がおり、蟹工船に乗るのは僕だけだった。まぁでも、慣れたもんだし一人のが気が楽だ！　とすぐに前向きになり船を発進させた。

発進させると、すぐに雲行きは怪しくなり、僕がさっさと蟹を取って港で作業しようと心に決めた。すると、目を蟹にやると……な、な、なんと、蟹が立ち上がりこっちを向きながら、「しばらくすると、嵐が来るぞ！　もう帰った方がいい」と喋《しゃべ》りだしたのです。僕は仰天したが、あまりの蟹の可愛さに時間がストップしたようにも感じた。その蟹は、「おい！　立ち止まってたらみんな波に飲まれちゃうぞ！　はやく戻ろう」とまたアドバイスをくれた。そして、僕は現実に戻り、急いで船を港に戻したのだった。蟹は小さいながらも、僕を先導してくれた。そんな蟹のおかげで、僕はまれに来る大嵐を避けることができたのだった。その蟹に恩を感じた僕は、缶詰にはせずそっと持ち帰ることにした。

蟹を家に出すと、蟹は照れくさそうにこちらをチラッと見てきた。すると蟹の口から「僕を怖がらないのかい？」と僕に話しかけた。僕はすかさず「怖くはないさ、だって今日君は僕を助けてくれたからね」と言った。僕は正直喋る蟹など怖いと思ったが、強気な態度で返した。すると蟹は「蟹になってみなさい」と僕に言ってきた。僕は、何をへんてこりんなことを言いだすのだ、と思って軽く笑い流した。蟹は、僕の前に回り込み、「蟹御殿はあるんだよ。君も蟹になったら来れるさ。とっても楽しくもあったかい場所だ」と意味深な発言をした。僕はその蟹御殿がすごく気になった。なぜなら僕は蟹が大好きだからだ。蟹に聞いた。

「どうしたら蟹御殿へ行けるんだい？」

すると蟹は「蟹になってみなさい」。蟹はまた同じことを言った。「一体どうやったら蟹になれるんだい？」と僕は聞くと、「そんなの簡単さ、僕に付いておいで」と、夜の港にトコトコ導かれていった。

夜の港はただただ真っ暗闇で海の音だけが鳴り響く。昼の海とは違ってどこか不気味だ。すると夜だというのに、発泡スチロールの中に入れて帰ったはずの蟹たちが全員出てきて、港でごちゃごちゃと何やら蟹の集会をしていた。僕はびっくりしたが、蟹の可愛らしい集会になぜか癒されていた。その瞬間、ピカーーッッと、海のある一部分がキラキラと輝き始めた。僕は綺麗な輝く海の一部分を見て近づきたいと思った。

「あの光は何だい？　何があるんだい？」

蟹に聞くと、蟹は、「蟹になってみなさい。蟹になったら分かるんだ」と、また同じフレーズを僕に言ってきた。すると、集会をしていた蟹たちがポツポツ海の中へ入っていき、光輝く場所へと向かっていき、あっという間に、港には僕とこの蟹しかいなくなった。蟹がまた言った。「蟹になってみなさい。みんなで蟹御殿でお祭りだ」と言ってきた。

僕はいてもたってもいられず、「蟹になるよ！　さぁ僕をあそこへ連れてってくれ」と元気に答えた途端……次の瞬間目を開けると、そこには海の中でみんながご馳走を食べたり、踊ったり、歌ったりしている大量の蟹たちがいた。海の中だが、苦しくない。苦しくないばかりか、幸せさえ感じていた。僕は、ハッと自分の身体《からだ》を見ると、そう、蟹になっていたのだった。あの、僕にずっと付いて来ていた蟹は、主《ぬし》だったのか、大量の蟹の中でみんなに囲まれてチヤホヤされているじゃないか。僕は一人ポツンとその光景をただただ幸せを感じながら見ていると、蟹の主が近づいて来て言ったのだ。「さぁ、あなたもこっちへ来て一緒に楽しもう」と。

僕は海の中の蟹御殿で、それはそれは楽しんだ。たくさんのご馳走を食べたり、歌をうたったり、仲間の可愛い蟹にチヤホヤされたりと、人間だったら考えられない生活だった。楽しくて、ずっとずっとここにいたいと思った。そこから、何時間、いや何日も楽しんだ気分になった。散々楽しみ、僕は蟹御殿で深い深い眠りについた。


するど、遠くの方から、「起きろー！　起きろー！」と僕を揺さぶる一人の姿が太陽に照らされ、うっすら見えた。僕は声の方へと、ハッと意識を戻すと、そこには数人に囲まれた僕と、僕が大切そうに抱きかかえていた蟹がたくさん入った袋があった。僕はわけが分からず、何があったのか、聞いた。

僕はあの嵐の日、逃げきれずに波に飲まれていたという。そこで僕はどうやら気を失っていたようだ。ただそこで、蟹が大量に取れたおかげで浮き輪代わりになり、僕を港まで運んでくれたのだった。そんな中、僕は「蟹になりなさい」と何度も夢の中で言われたと言うと、みんなは笑っていた。きっと蟹になれば溺《おぼ》れずに済んだからだろうと、みんなが笑いながら言ってきた。だけどこんなに蟹を握りしめていたくらいだから、蟹になっていたのかもなぁと冗談交じりに茶化す漁師もいた。たしかに、今思えば変な夢だが、蟹のおかげで僕は助かったんだと。もしかしたら、僕は本当に蟹になっていたんじゃないかとさえ思っている。あの日、体調不良で僕しか漁に出られなかった意味もきっと何か理由があったのかと思った。

それからは、蟹が喋る体験はしてないが、僕はもっと蟹が好きになった。「蟹になりなさい」という題名の僕の体験談となり、この言葉はたちまち港に広まり、流行語ともなったのだった。そんなちょっぴり不思議で幸せな僕の蟹工船の話だ。

オリジナルはこんな物語です

## 小林多喜二『蟹工船』（1929年）

ロシア領に近いカムチャッカ半島沖でカニ漁をする船を舞台に、過酷な環境で働く労働者たちを描いたプロレタリア文学を代表する小説です。東北各地の貧しい村から集められた出稼ぎ労働者たちは、夜明け前から深夜まで漁やカニ缶加工に従事するなか、粗末な食事や不衛生な船内環境のため、次々と体に変調をきたします。寝込んでいると監督から容赦のない暴力をふるわれます。蟹工船は、船でもなく工場でもない、労働法の抜け穴のような場所だったのです。

カレンさん版の主人公「僕」は「蟹になりなさい」という言葉に導かれ、満ち足りた気分になりますが、本作の労働者たちは一人の船員の死をきっかけに、「殺されたくないものは来《きた》れ」という言葉に導かれ、団結してストライキに突入します。しかしその結末は……。

後に特高警察の拷問によって殺される小林多喜二が1929年に発表した小説ですが、平成の時代に再びベストセラーとなり、2008年の流行語トップ10に選ばれました。「ブラック企業」「派遣切り」といった労働環境をめぐる言葉がメディアで話題となるなか、若い世代の共感を呼んだとも言われています。

馴染み知らずの

# 屋根裏の散歩者

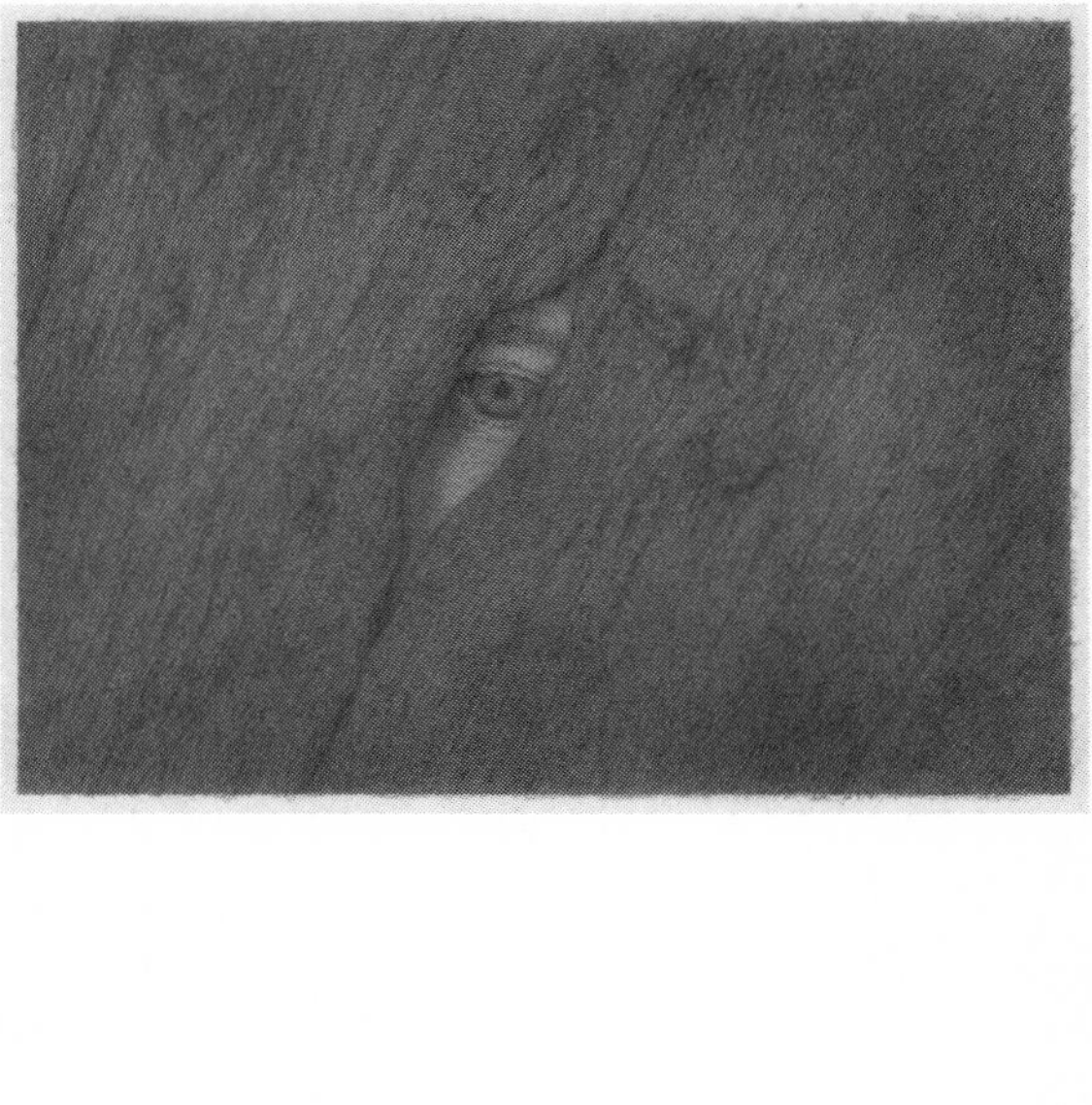

これは、とある田舎の小さな村で起きた物語だ。その男の名は、斎田《さいた》もんた。もんたは、きまった仕事もなく、たまに頼まれる屋根の修理でどうにか生活をしていた。どうにかと言っても、ほとんど家賃など払えたもんじゃない。下宿先の大家さんには、いつも頭をさげ住まわせてもらっていた。もんたが暮らす下宿先には、もんたのほかに6人程住んでいた。

今日ももんたは時間を持て余しながら1日を過ごしていた。

「はーぁ。暇だ。全くすることがないや。何かないかなあー」

木の枝を杖のように扱いながら、近所の砂利道をゆっくり歩いていた。川のせせらぎが、暇なもんたを余計に切なくさせる。すると向こうから、一人の男が歩いてくる。米田《よねだ》蔵一《くらいち》だ。

「うわぁ。蔵一だ。クソゥ。ついてない」

蔵一は、もんたの隣に住む男だ。もんたは蔵一が大嫌い。仕事がないことを大家にチクったのも蔵一で、繊細な蔵一はもんたが隣で鼻歌を歌おうもんなら、出ていくよう何度も押しかけてきた。もんたはできるだけ蔵一に会わないよう過ごすことだけが毎日の目標だが、小さな村ではなかなかそうはいかない。極太に生やした眉毛を風に靡《なび》かせながら、蔵一はこっちに向かい歩いてくる。歩き方からして自信が伝わってきそうだ。ピクリとも表情を変えない蔵一が、もんたと気付くなり話しかけてきた。

「おい、もんた。また暇で仕方ないのか？　心底頼りない奴だな、おめぇは。仕事も充分にできないなんて生きてる理由ないのと一緒だからな。恥をかけ」

蔵一はおっきな声でもんたを責めてきた。これは毎度のことだが慣れない。慣れるどころか会うたびに蔵一を限りなく嫌いになっていく。

「もう、どいてくれ」

もんたは責めの姿勢をやめない蔵一がうっとうしくて、ここから立ち去りたい気持ちでいっぱいになった。

「結局負けを認めたなっ」

蔵一は捨て台詞《ぜりふ》のように、もんたに投げた。草履《ぞうり》でわざと、もんたの足を踏んづけその場を去って行った。

「なんて嫌な奴なんだろう。いつか、いつか絶対仕返ししてやる」

もんたは、誰にも聞こえないくらいの声でつぶやいた。

何をするわけでもなく、ただ何の体力も使うことなく、今日も1日が終わる。悔しいと情けないを増やして帰宅した。畳の上で大の字になったもんたは、天井の模様を眺めていた。

「木目がキツネの顔に見える」

そんなくだらない発見をした。ふと天井のハジまで目をやると、何やら段差を発見した。

「ん？　なんだあの段差？」

些細《ささい》な段差だが、気になったもんたは直そうと天井をよく観察した。押し入れを開けて、天井を確認しようとしたとき、もんたは初めての光景を見る。押し入れには天井がなく、吹き抜けていた。

「え？　ここ、こんなあいていたんだ」

もんたは驚きながら、恐る恐る押し入れの上に顔を出した。すると、そこはこの下宿の部屋の屋根裏、全てに繋がっていた。

「こ、これ全部繋がっていたのか。全く気付かなかった。これを辿《たど》ればもしかして……？」

もんたは、何かを企んだ顔をしながら、屋根裏に上がった。恐る恐る、床が抜けないよう四つん這《ば》いになりながら隣の部屋の天井裏に移動した。音が出ないように、息をコントロールしながらじっと天井の隙間から部屋を覗《のぞ》いた。そこは、蔵一の部屋だ。もんたはこれで少しは、蔵一の様子が見られると思い、なんだか勝気な顔になれた。

蔵一は家にいた。何やら、手紙を誰かに書いているようだ。文字までは見えなかったが、結構な分量だ。もんたは気付かれて天井を見られたら、こんないいチャンスが台無しになってしまいそうと考え、一旦退散した。自分の部屋の畳に戻ると、鼓動の高鳴りを感じ無限に溢《あふ》れるやる気に浸った。何をしたわけでもないが、あの憎い蔵一を上から見られる優越感が幸せだと、もんたは感じていた。


毎日毎日、その日からもんたは屋根裏から蔵一の部屋を覗いた。

「あぁ。毎日こんな見ているだけじゃつまらなくなってきたな。なんか脅《おど》かしてやろう」

もんたは、ただ蔵一の様子を見ているだけではもの足りなくなった。そして考えたのは、夜寝静まったときに音を出して驚かそうとした。

「うまくいけば、あの蔵一がこの家を引っ越すかもしれない。そうなったら最高だ」

もんたはその夜、寝静まった頃また屋根裏に登った。蔵一は部屋の真ん中に布団を敷き、眠っていた。「よし、何か動物がいると思わせてみるか」と、もんたは爪で床を弾き、小動物が走っているように見せた。〝コツコツコツコッッ〟。静けさの中に爪を走らせた。2、3回繰り返すと、蔵一はパッと目を覚ました。「何だ？　何だ？」と周りをキョロキョロしながら音の出どころを探した。そしてもう一度、もんたは爪で床を弾いた。〝コツコツコツ〟。蔵一は、パッと天井を見て、「おい！　たぬきか？　ねずみか？　出ていけ！」と天井に向かって叫んだ。もんたはおかしくってたまらなかった。笑いを必死に手で抑え、声を止めた。

蔵一のあんな怖がる姿を初めて見たもんたは、この屋根裏からの仕返しを始める。最初は小動物だと思わせていたが、それにも慣れてしまい、次はビー玉を落としたりして動物ではないと気付かせていく。ある日は、自分の這って移動する音を出したり、鉛筆で文字を書く音を出したり、足音をわざと出して歩いたりもした。蔵一は毎晩の不気味な屋根裏からの音に寝不足を重ねていった。

とある昼間、道端で蔵一と会った。いつもなら、もんたを見つけるやいなやこっちに寄ってきて嫌な言葉をたくさんぶつけてきたが、その日の蔵一はちがった。下ばかり見つめ、なんともんたに気付かないのだ。そして、蔵一はだいぶ痩《や》せて顔は疲れていた。毎晩、寝ようとすると起こされ、屋根裏からの何かに怯《おび》えていた。蔵一は、生き霊《いりょう》にでも取り憑《つ》かれたのかと思い込み、仕事は手につかずクビになり、毎日お祈りで、神社に通っていた。蔵一の姿に心配する村人は増え、それでもげっそりしていく蔵一に周りは近付かなくなった。

もんたはしめしめとその毎日を噛《か》み締めていた。もんたへの当たりはなくなり、あと少しで、この村から出ていくんじゃないかと期待しかなかった。下宿先の大家さんは優しい人だったため、毎日蔵一の部屋の前に晩御飯を届けていた。仕事のないもんたを住まわせてくれるくらいだから、相当心は広い。もんたは、とにかく蔵一をもっと懲《こ》らしめたかった。もう、とっくにギャフンと言わせていたのに、もんたはただ楽しくなっていた。

「今晩は、また違う方法をとってみよう。んー、よし、今日は声で驚かしてやろう」

もんたはついに肉声で驚かそうと企んだ。その夜、屋根裏から蔵一を覗くと、蔵一は布団に座り左右にゆっくり揺れていた。明らかに様子はおかしい。もんたはその姿にまた笑いが止まらなくなる。手で必死に声を落ちつかせると、声をできる限り低く、つぶれた声を出し、「出ていけぇ」と言った。声が蔵一に届くと、蔵一は「ひぃやぁぁぁ」と聞いたこともない怪しい声を出し、部屋を飛び出し外に走って行った。

「ははははは！　馬鹿だなあ、蔵一め。これで懲りただろう。まぁ、またなんか言ってくるまで、一旦休憩してやろう」

もんたは、1年近くにわたり蔵一を驚かしてきたことにようやくこの日、満足げな気持ちになり、もう当分屋根裏に行くのはやめようと思った。


次の日。もんたが起きると、村は騒ぎになっていた。もんたは何ごとかと、外に出て川へ向かった。近くに人が群がっていた。そこには、蔵一の死体があった。もんたは、その姿を目にすると身体《からだ》が枝のように固まった。暑くないのに、顔から汗が止まらない。背中にも足にも、汗が吹き出した。立ててる自分が不思議なくらい、今にも心臓が爆発しそうだった。

蔵一は、目ん玉が４㎝くらい飛び出した状態で、身体は縮こまっていて真っ青だった。きっと恐ろしい最期だったんだと一目でわかる姿だった。まさか、もんたのした1年が蔵一にしたらこんなにおぞましい1年だったのかと、この日ようやく気付いた。

もんたは、その場から走って去った。部屋に戻ると震えの止まらない身体を必死にうずくまり止めようとした。ついこの前まで、もんたを罵《ののし》っていてなんにも反抗できなかった蔵一が今、もんたのしたことによっていなくなった。もんたはとんでもないことをしてしまった。村を出ようにも、金も仕事もない。もんたはその夜、目を縫われるように瞑《つぶ》り、怖くてどこも見ないようにした。でも、頭の中には蔵一の姿がこびりつくように襲ってきた。その瞬間、屋根裏からあの音がする。〝コツコツコツコッ〟。もんたの身体にスーッと鳥肌が立つ。この音。間違いなく、1年前もんたが蔵一に仕掛けた音だ。

この日から、もんたは蔵一と同じ目にあう。今度は蔵一の番だ。もんたはこのとき悟った。いきすぎたいたずらは、自分に返ってくるということを、もんたが人生をかけて知っていくことになる。屋根裏では今日も、不気味な音がもんたを苦しめている。

オリジナルはこんな物語です

## 江戸川乱歩『屋根裏の散歩者』（1925年）

25歳になる郷田三郎は、学校を卒業してからも定職につかず、親からの仕送りで暮らしていました。仕事だけでなく、どんな遊びも面白いとは思えないなか、友人の紹介で明智小五郎と出会い、犯罪に興味を持つようになります。

犯罪のまねごとにも飽き、下宿屋で時間を持てあましているときに、郷田は押し入れの天井板が動かせることに気づきます。屋根裏には各部屋の仕切りがなく、節穴から同居人たちの生活を覗き見ることができます。屋根裏の散歩を重ねるうちに、虫のすかない下宿の住人・遠藤を殺すことを思いついた郷田。節穴から遠藤の口にモルヒネをたらし、瓶を部屋に落としておくことで、自殺に見せかけた完全犯罪を実行しますが……。

『屋根裏の散歩者』と同時期に発表された乱歩の作品に、『人間椅子』があります。こちらは椅子のなかに住み、そこに座る女性の感触に夢中になるという奇想です。『屋根裏の散歩者』が覗き趣味だとすれば、こちらは革越しの女性の感触を愛するフェティシズム。乱歩の作品にはこうした倒錯した感情に向き合ったものが少なからずあります。

馴染み知らずの

# 薬指の標本

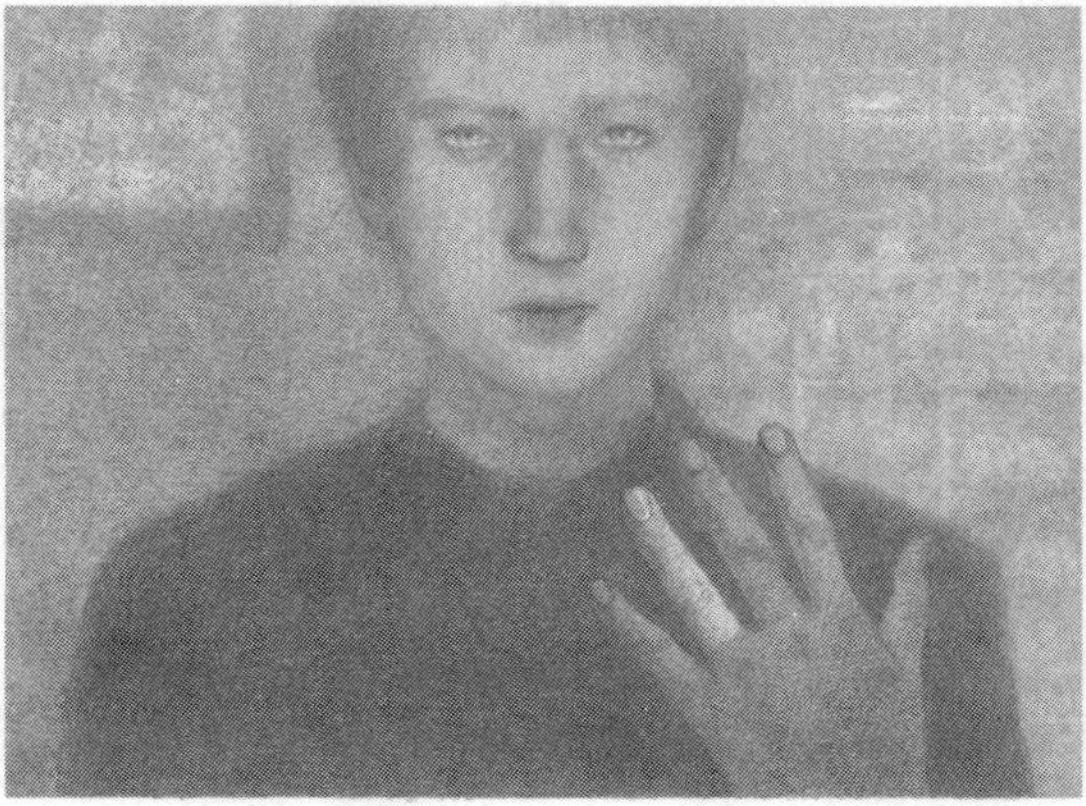

わたしは標本室で地道に働いている。標本室の仕事は、とても楽しい。色んな人が、各地から、自分の思い出を持ち寄ってくれるのだから。

例えばある男の子は、セミの抜け殻を持ってきた。夏休み中を使って毎日、食べる暇も惜しみセミの抜け殻を集めたそう。なんと320個もあった。その一夏の思い出をわたしは標本にし、湿度や温度を完璧にしながら生涯保存していく。それがわたしの仕事。

ある女の子は、さくらんぼの種をもってきて標本にしてほしいとやってきた。さくらんぼを一億粒食べるのが夢だそうで、記録に残したいという話だ。765粒の種をまとめるのには、3日もかかった。

こんな風にありとあらゆる理由や夢をかかえて、日々標本室に人はやってくる。わたしはこの仕事が楽しくてたまらない。だって初めましてで、大して話もしたことない人の趣味や夢が覗《のぞ》けるのだもの。ワクワクしてたまらない。

今日は、自分が今まで使った絆創膏《ばんそうこう》を標本にしてくれというお客が来た。なんとも変わった人だ。自分が人生でどれだけの怪我をしたかを老後の楽しみにしたいのだとか。使用済みの絆創膏がたくさんジップロックに詰められていた。ゴム手袋を3枚重ねて作業したが、それでもなんだか鳥肌もんだ。でもこれも、あの彼の人生なのか、あまり否定することはしないようにするのもこの仕事の大切なことだ。生まれ変わったらわたしも絆創膏を集める人生を送っているかもしれないから。

そんな毎日を送っているわたしにも実は集めているものがある。誰にも言わずに、密かに集めているのは〝薬指の標本〟だ。薬指の標本と言ったって、一体何の標本だ？　なんて思うはず。わたしは、恋人たちの薬指を集めている。これを始めたのは、18歳の頃だった気がする……。

## 第1章：たけし

わたしは恋愛下手で、18歳になるまで付き合ったことがなかった。でも恋愛体質なわたしは、記憶の中では4、5歳から好きな人が途切れたことがない。だけど〝好き〟には一方的になるだけで、気持ちはいつまでたっても伝えられずにいた。だからか、18歳の初彼の時は思いが爆発してしまった。

初の恋人の名は、たけし。好きで好きでたまらなかった。たけしは背が173㎝の細身、パチンコ屋でバイトをしていた。わたしとたけしの出会いは、ありきたりな合コンだった。わたしは一目で好きになり、たけしも私をデートに何度か誘ってくれた。自分が思っていたよりトントン関係は進んだ。

たけしは出会って1週間で告白してくれた。こんな幸せはなかった。きっともうこんな好きな人とは出会えないし、わたしはこの人と結婚するんだと思っていた。お付き合いがスタートすると、たけしへの愛は加速し続けた。たけしのバイト先まで送り迎えは当たり前、毎日会いたかったからたけしの一人暮らしのおうちに通い、朝昼晩全てのご飯を作り尽くしていた。


3カ月くらいたち、たけしはバイトが忙しいからデートがなかなかできなくなると言い出してきた。どん底に手がつきそうなくらい辛《つら》かったが、たけしに嫌われることが世の中で一番恐ろしいことだったので、わたしはいい彼女になりきった。デートは月1、2回。そしてデート時間もお昼ご飯だけ、など数時間しかたけしに会えなくなった。「大人の恋愛ってこういうことか～」と恋愛本を読み漁りながら、自分のいいように受け入れていた。

でも4カ月目、メールが8通に1回しか返って来なくなる。「大好きだよ」と送っても、「おやすみ」と言われるようになった。辛い、悲しい、嫌だ、好かれたい、戻りたい、という思いばかりがわたしの頭を駆け巡る。わたしは当時、駄菓子屋でバイトをしていたが無断欠勤が増え、たけしからついにメールが完全に来なくなった4、5カ月目、わたしはバイトを無断退職した。電話はいくらしても、留守番電話。たけしとの通信手段はなくなった。わたしはたけしの自宅に行った。バイト先にも行った。5日間待ち続けた。5日目、たけしが自宅に現れた。わたしは嬉しくて嬉しくてたけしに抱きついた。それがたけしと会った最後の日だった。そして、わたしはまたひとりになった。

## 第2章：さとむね

恋愛体質であるため、一目惚れしやすく、大失恋した割にはすぐにまた空いた穴を男で埋めた。わたしの2人目の彼は、IT企業に勤める12歳も年上の彼だった。たけしとの恋愛が終わり1カ月後のことだった。名前はさとむね。

さとむねは、とってもマメで優しかった。とにかく毎日連絡をたくさんくれて、嬉しかった。「何してるの？」「今日も会いたい」など年上の割には甘えん坊で、わたしはまたすぐ幸せの限界にいた。もう二度とこんなに幸せにしてくれる人とは出会えない、きっとわたしはこの人と結婚するんだと思っていた。

さとむねの愛の強さに負けまいと、わたしはさらに強い愛情でさとむねに接した。仕事の飲み会や会食にも、帰り時間をどこかのカフェで時間を潰《つぶ》しお迎えしていた。さとむねにある日、「仕事の飲み会のときはおうちにいてほしい」と言われた。きっとわたしに迷惑かけたくないんだろうな、なんて優しいのだろうと、わたしは思った。さらに愛を感じたので、わたしはまた愛情を返したく、出勤中に何回も電話をしてあげた。喜んでくれるに決まっていると思ったが、さとむねは電話に出なくなっていった。

するとある日、「もう別れてほしい」と突然メールが来た。わたしは頭が真っ白になる。無我夢中でさとむねの会社に行き、また何十時間も待っていた。20時、さとむねが会社のビルから出てきた。わたしはさとむねの顔を見ると駆け寄っていき、背中から抱きついた。いつも優しいさとむねが、「やめろ!!」とわたしを振り解《ほど》いた。わたしがよろけて地面に転ぶと、そこには理解に苦しむ光景が流れた。さとむねは、とある女性と子供を見つけ走っていった。とても親しげに子供に抱きつき、抱っこしていた。女性は自然にさとむねの腕に手を回した。わたしは身体《からだ》の動くままさとむねに向かって走っていった。それがさとむねとの恋が終わった日だ。

## 第3章：ゆうぞう

わたしはまたとある飲み会に参加した。男女10人の大人数の飲み会だった。わたしは浴びるようにお酒を飲み、その会を楽しんでいた。カラオケをたらふく歌い、酔った勢いでひとりの男性と抜け出した。その彼がわたしの3人目の彼氏になる。

彼の名はゆうぞう。職業は、有名和菓子屋の職人をしていた。わたしより3歳年下で可愛らしい目をしていた。毎日朝から夜まで休みなく働き詰めな彼は、この日は3年ぶりの休みだった。

「君に会えて僕は幸せだよ」

ゆうぞうは呂律《ろれつ》があまり回らない言葉を口にした。わたしも酔っていたが、きっとシラフでもゆうぞうを好きになっていたと思う。そしてわたしとゆうぞうは自然な流れで付き合うことになった。

わたしはさとむねと付き合っていた時、無職だったが、ゆうぞうと出会ったときは新聞配達の仕事をしていた。ゆうぞうには大手会社の受付をしている、と言った。新聞配達の仕事は朝3時起き。でもゆうぞうの仕事も朝4時から始まるため、早朝の生活リズムが合い、運命を感じていた。朝から連絡が取れるのは、本当に幸せだ。きっとわたしは、この人と結婚するんだと思っていた。

ゆうぞうは本当に毎日忙しく、日中は連絡が全然取れなかった。いつも21時15分に「仕事が終わったよ」と連絡をくれるから、わたしは安心して待てた。だけど、わたしは日中仕事がないため溢《あふ》れる気持ちをいつも長文にしていた。読んだらきっとゆうぞうは幸せって思うはずと思い、毎日3通の愛情深い長文メールを送っていた。ゆうぞうは、その返事はいつも仕事終わりの電話で伝えてくれた。

職場と自宅の行き来の忙しいゆうぞうに会うには、わたしが和菓子屋に行くしかなかった。わたしは初めのうちは週に1回和菓子屋に行き、たくさんのゆうぞうが作った和菓子を同僚の差し入れにと言い、買い占めた。「これがゆうぞうがわたしのために作った和菓子か」と幸せに浸りながら、わたしはひとりで食べていた。その時は、新聞配達で入ったお金は全て和菓子を買い占める資金になっていた。

わたしは1週間に1回じゃ物足りなく、そのうち、1週間に3回、4回、そして1日に3回、和菓子屋に行くようになった。「無理しなくていいからね、君も仕事があるんだし」とゆうぞうから電話で言われた。「何言ってるの？　無理なわけないじゃん。これが幸せなのに、嬉しくないの？」とわたしは思った。でもゆうぞうはきっと優しさで言ってるんだと受け止め、わたしは回数を減らすどころかさらに和菓子屋に通った。

ゆうぞうは、わたしの存在を和菓子屋のお店の人には言っていなかった。わたしはゆうぞうのストーカーと勘違いされ、お店に行ってもゆうぞうに会わせてもらえなくなった。「なんで彼女って紹介してくれないの？」とゆうぞうに問うても、「職場だから気まずい。もう来なくていい」と明らかに冷たくなった。

わたしはまた辛くて心臓を破壊されそうだった。「嫌われたくない」。頭の中はそれしかなかった。わたしはどうしたら自分を彼女と紹介してもらえるか考えた。和菓子屋に行くことをやめてしまえばわたしたちには会える隙間がない。でも和菓子屋に行ってもゆうぞうには会わせてもらえない。

わたしはゆうぞうの仕事が終わるまで和菓子屋の近くで待った。ゆうぞうはその頃からもう、仕事終わりのメールはくれなくなった。だから職場から出てくるのを待つしかない。

21時25分、ゆうぞうは職場の仲間らと出てきた。みんなで他愛もなく笑いながら何かを話している。

「何を話しているんだろう」

気になって仕方がない。だんだん距離が縮み、会話が聞こえてきた。「ゆうちゃん、そろそろ彼女作りなよー」「いい人紹介しますよ！」「え！　してください。はやく家族ほしいんです」という声が聞こえてきた。ゾッとした。わたしが彼女なのに。それをみんなに教えなきゃと。わたしはゆうぞうに向かって走り寄った。「ゆうぞう！」と抱きついた。それがゆうぞうとの恋が終わった日だった。

## 第4章：わたし

わたしはまたひとりになった。また顔を変えなくちゃいけない。また引越ししなきゃいけない。またわたしの穴を埋めてくれる彼に出会わなければいけない。わたしは血だらけの指を持ちながら、夜の街を歩いていた。

お話しした男性はほんの一部。わたしの標本には、わたしの心の穴を埋めてくれたのに、またぽっかりと穴を作った男たちの薬指が並べられている。二度と誰かとの結婚指輪が入らないように。わたしを傷つけた分、わたしも傷をつける。そしてわたしは新たな人生を歩くために、たくさんのわたしがいる。顔も名前も変えて。

標本の中には、わたしを愛した男たちの薬指が綺麗に今日も並んでいる。これを眺めることがわたしの幸せなのだ。

オリジナルはこんな物語です

## 小川洋子『薬指の標本』（1992年）

飲料工場に勤め、サイダーを作っていた〈わたし〉は、あるときベルトコンベヤーに指をはさまれ、左手の薬指の先を失ってしまいます。工場を辞め、行くあてもなく街に出ると、古い建物の門に標本作製の手伝いを求める貼り紙が。そこでは研究のためでも、展示のためでもなく、希望する人たちのために標本を作り、保存していました。その受付として働くことになり、仕事にも慣れていくなか、わたしは標本を作る弟子丸氏と関係を持つようになります。さまざまな依頼者に出会い、標本室の輪郭がおぼろげに見えてくるなかで、わたしは自分のための標本を作ろうとします。

小川さんの作品は、美しく、けれど、毒がひそむ世界を、描ききらないことで読者にゆだね、手渡しています。カレンさんが描く猟奇的な主人公が、実は小川さんの作品の主人公だったのかもしれないと思う余地さえも残されています。

# わたしを離さないで

馴染み知らずの

カラカラカラカラ……。今日も車椅子を押す音、そして複数の足音で目を覚ます。いや、しないのに、なぜかいつもこうなんだ。僕の頭にこびりつくこの足音。起きるとそこは自分の家で、小鳥の鳴く音しか聞こえなかった。また夢かと肩を落とす。

キャシーは冴えない男の35歳だ。キャシーは5年前まで、奇妙な施設で「介護人」として働いていたが、色々な思い出を残したままその施設は辞めたのだった。

その施設はイギリスの森の奥にひっそりとでも、その影はかなり奇妙で独特な存在感を放っていたため、町人からもかなり恐れられていた。その施設ではみんな真っ白い服を義務付けられていたのだ。施設の噂は、町中に広がっていた。入るのは簡単だが、一度施設に入った者は出ることは困難であり、そこで一生を過ごすことになる施設だという噂だった。

そんな施設に「介護人」として雇われたのは、20歳になったばかりのキャシーであった。キャシーもこの施設に入り育ってきた一人であり、5歳の時に母親に連れられ施設に入ることとなった。両親はそのまま二度と施設に来ることはなかったが、キャシーは施設での幸せでのんびりとした生活を送っていたため、特に帰りたいなども思うことはなかったのだ。

施設は、大きな庭にいくつかの遊具があったり、噴水があったりととても快適だった。施設内には、沢山の一人用の個室が用意されており、1～4階までの建物である。食堂や図書室、プールに大浴場やエステなど施設の入居者にとってはまるで楽園だった。

ただ誰もが立ち入ることが許されていないのが唯一の地下室だった。地下室に入っていいのは、館長と決められたスタッフのみだった。キャシーは子供ながらにいつも地下室へ行く大人たちが気になっていたが、絶対に地下には行ってはダメよとよく施設のおばさんにも言われていたため、特に考えずに20歳まで暮らしていた。キャシーは20歳までこの施設で暮らしていたため地下室以外のだいたいの設備や仕組みは分かっていた。なので自分が施設で働くことは、育ててくれた恩返しのような気持ちで働いていた。

その施設は何歳からでも入ることができ、特に理由などもみんなバラバラであり、その施設のパンフレットには、「楽園のような暮らしを望まれる方へ」という嘘のような見出しくらいしかないため、どういう基準で入居できるかはキャシーにも分かっておらず、様々な理由や年齢の人が入居していた。入居者にはそれぞれ予定が決められており、入浴時間や、エステの時間、自由時間、食事の時間、みんなで集まり話し合うセラピーのような時間、読書の時間などが設けられており、キャシーの仕事はそれを担当の入居者に案内したり誘導したりと、スケジュールを伝えたり、施設内のお掃除をすることだった。

施設で働く日が続いたある日のことだった。キャシーが裏庭の掃除をしていると、小さな池をずっと見つめる白いワンピースを着た女性がいた。ここの施設は頑丈な門があったり、山奥にあるので簡単には外の人間は入ってはこられない。そして決められた白い服だったため入居者だとは分かったが、見たこともない入居者だった。キャシーはスタッフも入居者もほとんどが顔見知りであったため、初めて見る女性に少し驚いた。

「はじめまして、僕はここで働いているキャシーだ！　初めて見るけど、最近ここに来たのかい？」と尋ねてみた。すると、女の子は、キャシーを真っ直ぐな目で見ると表情を変えずに「ずっといるわ」と答えた。キャシーはなおさら、驚いた。まさかずっといた入居者だったとは。綺麗で色白な女の子であったため、きっと施設内でも目立つはずの子だったが、なぜ今まで気付かなかったのだろうか。キャシーは少し戸惑ったが、すぐに持ち前の明るさから仲良くなろうと話を続けた。

「何階に住んでいるんだい？」

女の子はまた冷たい目で「1階よ」と答えた。「なぜこの施設に来たのかい？」と尋ねると、目をすっと池の方に落とし、真冬のような冷たい声で「私は体が弱いの。いつも体を悪くするから強くなるためにママがここへ連れてきたのよ。また体が良くなったらママはお迎えに来るのよ」と言った。キャシーは優しい顔で「そうなのか、じゃあママが迎えに来るまで頑張らなきゃいけないね！」と女の子を励ました。そして女の子はピクリとも笑わずに走ってどこかに行ってしまった。

キャシーは不思議な女の子だなぁと思いながらも、庭の掃除を続けることにした。そして、それからは裏庭掃除を担当する時にはたまにその女の子が現れる。いつも決まって小さな池をジッと見つめている。特に会話をするわけではないが、その女の子の名前はリンダということが分かった。

そして、ある日の夜だった。消灯時間を過ぎみんなが寝静まった時に、キャシーが夜間の見回りをしていると、廊下から館長とスタッフ何人かで寝ているリンダを地下へ運ぶ姿を目にした。キャシーはまだ地下へ行くことは禁じられていたため行くことはできなかったが、初めて地下へ行く人を目にしたので、興味本位でギリギリまでひっそりとついていった。リンダは眠っているようで、スタッフたちがなにかをコソコソ話し合いながら地下へと消えていった。


そして数日後……。またキャシーは裏庭の掃除中にリンダに会った。そしてリンダに思い切って、聞いたのだ。「何日か前に君、館長さんたちと地下室へ行っただろう？　地下にはなにがあるんだい？」と聞くと、リンダはハッとした顔つきになり「私、地下室が嫌なの、怖いのよ」と震えた声で言い出した。キャシーはまさかの答えに驚いた。「一体地下室はなにをする場所なんだ？」と聞くと、「言ってはダメと言われてるの。地下室のことは地下室に行ったことがある人だけの秘密なのよ」と答えたのだった。

余計地下室が気になりだしたキャシーは、どうにか地下室に行けないかを考えるようになった。ただでさえ地下室へ行く人を見たのも、この前が初めてだったため、入り方もよく分かっていなかった。だが、キャシーはリンダが口にした「怖い」という言葉が忘れきれず、毎日地下室へ館長たちが行かないかをさりげなくチェックするようになった。

そんな嵐の夜だった。いつものように夜の見回りをしていると、遠くから何人かの足音、そして車椅子を押すような音が聞こえてきた。キャシーはもしや、と思いそっと陰に隠れて様子を見ていると、また館長と数名のスタッフに囲まれた車椅子で眠るリンダの姿があった。キャシーは足音を立てず、息をこらしめて、ついていった。

地下室へはまず分厚い頑丈な鍵がかかった扉の奥に地下室への道があるようだった。内側からは鍵の開け閉めができない仕組みになっているため、分厚い扉の近くには一人の警備員がいた。そこを通り抜けるスタッフは、警備員に「４８５２」という数字をもとに中に入って行く姿を見たため、ダメ元でキャシーも後から数字を警備員に伝えると、すんなりと通してくれたのだった。

そこは真っ暗闇に地下へのスロープだけがある部屋だった。窓はもちろんなく、気温もぐっと冷たくなっていた。恐る恐る、足音を殺しながら地下へのスロープを下って行くと、少しの光が見え、光の方へと進むと、そこには治療台に静かに寝かされ、頭に不気味な器具を付けられた、リンダの姿があった。スタッフたちはコンピュータのようなものを熱心に打ち、館長はなにかを指示しながらリンダの脳の動きを真剣に、でもうっすら笑いながら見ていた。キャシーは耐えられない気持ちが湧きあげてきた。すると次の瞬間、リンダはパッと目を覚まし暴れ始めた。「助けて！　私はこのままでいい、もうやめて！！！」と叫び始めた。

館長は驚き、部下のスタッフたちに「おい、しっかり眠らせておけと言っただろ！！！鎮静剤を打つぞ、持ってこい」と叫んだ。スタッフは慌てて注射器を持ちリンダに鎮静剤を打とうとした。キャシーはいてもたってもいられなくなり、走ってその治療室に入りリンダを助けに行った。館長は、キャシーの存在に驚いた。「ここに君が来ることは禁じられている、すぐに出て行け！」と言われたが、そんな言葉に返している余裕などなかったキャシーは、リンダを救出し、地下室から連れ出した。

月の光が眩《まぶ》しいくらいの庭で、二人は座っていた。口を開いたのは、リンダだった。

「私はいつも寝る前に栄養ドリンクを飲まなきゃ寝かせてもらえないの。でも、たまにそこに睡眠薬を入れられてるみたいで、深く眠ってしまうの。そうなると気付くといつも私は地下室にいる。でも今日は栄養ドリンクを少し飲んだふりをして吐き出したのよ」

キャシーはリンダの口から次々と発せられる衝撃的な発言にただただ唖然《あぜん》としていた。

「あなたはこの施設がどんな施設か知っている？　この施設では私たち人間は、研究材料としてしか見られていないのよ。毎日いい暮らしをさせて私たちを騙《だま》してるのよ。時が来たり、出たがる人間はこうやって、地下室にある人間研究室に連れていって、私たちを研究して実験に使ったりするのよ。だから私は早く出たい。どうにかしてここを出たいの。手伝ってくれない？」

キャシーにせがむリンダ。キャシーは約15年間この施設で育ってきたが、まさかそんな裏事情があったなどもちろん知らなかった。大切に育ててくれたと思い込んでいたのだ。僕もいつかは実験材料として、地下室へ……？　と不安は込み上げてきた。たしかに地下室にはリンダだけではなく、無数のカプセルのような中で寝る人間たちもいた。あれは、実験中だったのではないか、と恐怖と不安で鳥肌が立った。

キャシーはいつしか惹かれていた存在でもあったリンダを信じ、一緒に町へ出る決意をした。だが、もちろんタクシーなど呼ぶには館長のお許しがいるし、簡単に外と連絡はできない仕組みになっている。かといって、歩けば山道だし、こんな夜中に遭難なんてしてしまったら、命の保証はない。リンダは歩いてでも抜け出したいと言ったが、キャシーは冷静に考えても無理な話だと思った。キャシーはここの生活に不満を感じたことも出たいと感じたこともなかったため、町への行き方など考えたこともなかった。

（たしかに、外の生活はどのようなものなのだろう）

初めて興味を持った。


その夜はリンダを自分の部屋に寝かしつけ、キャシーはソファで寝ることにした。また明日考えようとリンダを説得したのだ。

翌朝、昨夜の車椅子を押す音でキャシーは目覚めた。昨日の一連が頭から離れず、悪夢となったようだ。ハッと目を覚ますと、リンダの姿はなかった。キャシーは一目散に施設中を探し回ったが、姿はない。館長室へ行き、館長にリンダの行方を尋ねると、「知らん。そんなことより君は昨日見たことを誰かに言うのかい？」と鋭く聞いてきた。「あれは一体なんですか？　なぜ人がカプセルのような場所に入り寝ていたり、リンダの頭に変な機械を付けてなにをしようとしてたのですか？」と聞いた。館長はなにも言わずに部屋から出て行ってしまった。

それから、リンダの姿を僕が見ることはなかった。リンダはどこへ行ってしまったのか考える毎日だった。スタッフも堅い口は相変わらず開かず、誰一人としてリンダの行方を教えてはくれなかった。

そして数カ月後の朝だった。朝起きて部屋の掃除をしていると、ベッドとベッドボードの間に1枚の紙が挟まっているのに気付き、見てみると、なんとリンダからの置き手紙だった。そこには

**私を離さないで**
**私を離さないで**
**また地下室へ連れていかれる**

という文字が並んでいた。

全身からゾワっと熱が染み渡りいてもたってもいられず、全速力で地下室への扉へ向かった。またあの4桁の番号を警備員に言ったが、あれからセキュリティは厳しくなり専用のカードがないと入れない仕組みになってしまい、キャシーは追いやられてしまった。

リンダがあの時逃げようと本気で言ったことをもっと考えて、あの時逃げるべきだったと、

毎日毎日後悔した。そしてキャシーは働きロボットのように感情をなくしたまま、働いた。そして、30歳の時に館長との18時間以上の話し合いにより、キャシーは施設を出ることになった。館長もキャシーをもう必要とはしていなかったのだ。そしてキャシーはリンダからの手紙を胸に施設を出た。

あの一件以来、キャシーは毎晩あの車椅子がカラカラと廊下に響き渡る音、そしてスタッフたちの足音が夢に出てきてはうなされている。最後にはいつも、リンダの「私を離さないで、ずっと私の隣にいて」という幻聴で起きる日々だ。リンダは一体地下室でどうなったのか。それは施設を辞めたキャシーにとっては戻ることはできない場所でもあったため、一生の謎となった。

のちにその施設は警察の捜査の対象となった。そこで発見されたのは無数の実験に使われた死体と数々の機械だった。館長は人類を変えたくて実験や研究として何人もの犠牲者を生んでしまったのだった。館長は死刑に、スタッフは禁固150年となった。

キャシーがそれを知ったのは48歳の時だった。その被害者の中にはリンダの名前も紛れもなく入っていた。キャシーもきっと知らずに働いていたらまんまと館長の犠牲者になっていたはずだった。それを回避できたのも、リンダとの出会いのおかげだった。そのリンダの悲痛な思いは、今もキャシーの夢の中では途切れることはなく、訴え続けるのであった。

オリジナルはこんな物語です

## カズオ・イシグロ『わたしを離さないで』（2005年）

ノーベル賞作家、カズオ・イシグロの代表作です。優秀な介護人のキャシーは、自らも生まれ育った施設ヘールシャムで「提供者」と呼ばれる人々の世話をしています。物語は彼女の思春期の回想から始まります。どの国にもありそうな全寮制の学校生活なのですが、図画工作などの創作に力を入れた授業や、毎週行われる健康診断など、どこか普通の学校とは異なっています。彼女の回想が進むにつれ、「提供者」の意味がわかり、カレンさん版の地下室に匹敵する残酷な真実が明らかになっていきます。

タイトルは、登場人物が聞いている音楽の歌詞として出てきますが、読み終えた後は「これしかない！」と膝を打つことでしょう。「思春期の終わり」を豊かな想像力と端正な筆致で鮮やかに切り取った物語で、キャリー・マリガンがキャシーを演じた映画版もお薦めです。

# 生きてるだけで、愛。

馴染み知らず の

私の名前は、カオリ。付き合って4年になる彼がいる。3年前から私たちは同棲《どうせい》状態。というか、実家暮らしな私は居心地の悪さに限界を知り、彼の家に転がり込んでいる。彼はとても優しくて、私を大切にしてくれた。きっと私はこの先こんな人と出会うことはない。心から愛していた。

彼は私の同い年の24歳。カメラアシスタントをする彼は、毎日とにかく忙しそう。忙しくても、私との時間を作ってくれたり、どこかに連れてってくれたり、思い出もたくさんある。1日の数分でも彼と顔を合わせられるこの生活が幸せだった。ただ、幸せの中にも悩みはある。私は鬱《うつ》から来る過眠症で、1日のほとんどを寝てしまう。彼には申し訳ない気持ちだが、そんな私を親身な広さで受け入れてくれていた。

だが、世の中は甘くはないようで、こんな桁外れに平凡な私に、ピンチは突然襲ってきた。

「じゃあ行ってくるね。今日は夜まで師匠の手伝いあるから10時くらいに終わるよ」

「分かったぁ。はぁぁぁ。ごめん寝るね」

本当は、彼にいってらっしゃいのギューや、お見送りを玄関までしてあげたいのに、どうも身体《からだ》は自分じゃないかのように寝たがる。申し訳ないと思いながら、私はまた深い深い眠りに入った。

どれぐらい寝たのだろう。突然、耳慣れしないチャイムが鳴った。ピーンポーン、ピーンポーン。この家でチャイムが鳴ることは滅多にない。

(宅配便？　かな。身体おもー。起きなきゃあ)

そんな考えを頭いっぱいに広げながら、身体を起こした。目の前はまだ霞み切っている。目を雑巾みたいに擦《こす》りながら一歩を玄関に動かした。覗《のぞ》き穴を覗くこともうっかり忘れ、目の前に広がる玄関のドアを開けた。

「はーい」

私の目の中には真反対の、キラキラ輝きに満ちた顔を首に乗せた女性が立っていた。見るからに、私にはない輝き。そして、友達にもなってもらえなさそうな明るく上品な服装。

「あの、どなた様でしょうか？」

「突然ごめんなさい。私、秋野ゆりこといいます。ここ、仙鳥さんのお宅じゃないですか？」

仙鳥とは彼の苗字だ。

「あ、はい！　合っています」

「いまは留守ですか？　えーっとあなたは、妹さん？　じゃないですよね？」

秋野ゆりこは、鼻息を笑わせながら言ってきた。嫌な感じだ。

「はい、違います。仙鳥ゆきおの彼女です」

私はここ10年で一番声を張った気がする。すると、目の前の秋野ゆりこは顔色をパレットのように変えた。目の輝きは沈み、こちらに不吉な顔を晒《さら》している。

「え？　そんなわけないわよね。ちょっとお邪魔していいかしら？」

そう言うと、いいと返事する前からズカズカとリビングに入ってきた。

「あなた、いくつ？」

「24歳です」

「お名前は？」

「畑みなみです」

「ご職業は？」

「いまは、無職です」

「いつから、ここに？」

「えっと、同棲を始めてから3年くらいたちます」

秋野ゆりこからの質問攻めが続いた。なんでこんな質問攻めをしてくるのか、なんだか気持ち悪かった。

「なぜ、そんなに聞くのですか？」

「あなた、しつこいわよ。とりあえず今日は帰ります」

「しつこいって……こっちのセリフです」

私が小声で言うと、秋野ゆりこは勢いよく家を出て行った。すごく奇妙で嫌な気持ちになった。なんだったんだあの人は。質問攻めで結局私は、秋野ゆりこという名前しか分からなかった。久しぶりに他人と話すと、滝に打たれたように身体が沈み、疲れを知った私は、またベッドに潜り込んだ。そしてまた深い深い眠りにつく。


目が覚めた時には、辺りも部屋も真っ暗だった。

（やばいっ、また寝過ぎたかな？　ゆきおは?!）

ドキッとした気持ちとともに脳を覚ます。部屋を見渡すと、リビングの明かりがついていて、ゆきおはパソコンに向かってカタカタと指を使っていた。

「ゆきお、おかえりなさい。ごめんね、ご飯も作らず……」

ゆきおは私の声に気付かないほど集中しているようだ。私は近付き、ゆきおの肩に手をおいた。

「あぁカオリ。起きた？」

「また寝過ぎちゃった。ごめん。ゆきお、今日ね……」

「ごめん！　これ今日中に仕上げなきゃなんないから話は今度にしてほしい」

仕事に多忙なゆきおにこれを言われるのはもう235回目だ。慣れたもん。でも今日来た、秋野ゆりこについてはいままで史上一番聞いてほしかった。だけど、何のお手伝いも家事もしない私となにも言わずに同棲してくれてるゆきおに、これ以上重荷になるのは嫌だった。そして、気付けば私はまた深い眠りに旅立っていた。


眩《まぶ》しい。そんなことを強く感じた朝だった。私の横には、もうシーツがクシャついていて、枕はさっきまで寝てたであろう、頭の形がかたどられていた。でもゆきおの姿はもうなかった。

（なんだ、ゆきおもう出ちゃったのか～。話したかったな）

秋野ゆりこの正体を早くゆきおに相談したいのに、なかなかゆきおに話せない。ただただ気になる気持ちを膨らませながら長い1日が今日も私を迎える。今日はなんだか眠くなかった。なぜだろう、秋野ゆりこが頭を巡る。

ピーンポーン。

「はっ！！！」

私はいつの間にか眠っていたみたいだ。あんなに考えごとをしていたのに。珍しくダイニングテーブルに肘をつき寝ていたようだ。私は急いで、インターホンで知らせたドアに急ぐ。

「はいっ！」

そう言いながら出るとそこには、私の頭を悩ます秋野ゆりこがいた。

（また来た！）

内心少し嬉しい私がいた。秋野ゆりこはまたもや、上品な白いワンピースに黄色いバッグを持ち輝いていた。よく見ると肌がすごく綺麗で目はくりくりしていて、見れば見るほど私との差にがっくりくる。廊下の鏡に映る私は、髪はボサボサ、何日替えてないか不安になるほどのジャージに、肌はニキビがポツポツある。私と違う、秋野ゆりこの登場は目の癒しにもなっていたのかもしれない。秋野ゆりこをリビングに通すと、また昨日と同じような顔をした。

「今日ははっきり言わせてもらいます。あなた、もうゆきおさんとは別れてほしいの」

自分の見惚れていた目が現実を見る目に変わっていくのが分かった。

「え？　何でそんなことを言われなきゃならないんですか？　この前から質問ばかりしてきますが、一体あなたは？　誰なんですか？」

「失礼しました。私はゆきおさんの……昔お付き合いしていたゆりこです。わけが分からないと思うけど、私の話を信じてほしいの。ゆきおと別れてほしいの」

　自己紹介を改めてされ、余計に頭は混乱していく。

「え？　元彼女さん？　なんで急に？　意味が本当に分かりません。なんで別れなきゃならないんですか？」

「驚くと思いますが、冷静に話を聞いてください。ゆきおさんはね、あなたのことを死んだと周りに説明しているの。それで、私と一緒になるためにいま話が進んでて……」

　私は意味が究極に分からなかった。秋野ゆりこはなにを言っているんだろう。いくらゆきおとよりを戻したいとしても、無理が過ぎる。私はイラつきと動揺で震えてきた。

「な、なにをおっしゃってるんですか？　私はゆきおともう4年付き合っていて、彼が正式にカメラマンになったら結婚したいねってまで話しているんです」

「え？　カメラマン？」

「ゆきお、5年前からカメラマンのアシスタントをしています。プロのカメラマンになりたいって言って」

「そんなわけないわよ。ゆきおはナリスキー二院の次期院長なんだから、カメラマンになりたいなんて聞いたことない」

　私たちの話は一生交わりそうになかった。だから私はゆきおのことを秋野ゆりこから事細かく聞き出した。衝撃を超えて、頭には白紙が戻った。

まず、ゆきおは36歳の御曹司《おんぞうし》だった。ナリスキーニ院という大手病院の次期院長。そして家は大都会の中心部に8階建ての一軒家があるという。秋野ゆりことは結婚前提にいま同棲をしているらしい。もう何もかもが、私の知ってるゆきおじゃなかった。もう正式な二重人格と言ってくれた方がまだ気が楽なくらいだ。そして秋野ゆりこから聞いた一番の衝撃は、私との関係だった。

私、カオリとは1年付き合っていたが、私は重度の精神病を患《わずら》い離ればなれに暮らすようになり、私の病状は悪化し急死した、ということだった。ゆきおは恋人を亡くした悲しみで半年間、休業していたという。そしていまは、周りの支えもあり仕事をテキパキこなす36歳のゆきおが生きているということだ。

なぜ、私は彼の中から死んだのか。なぜ、同い年と言ったのか。なぜ、カメラマンアシスタントと言ったのか。何の理由も見つからない。

秋野ゆりこが私の存在に気付いたのは、ゆきおの仕事部屋から出てきた携帯電話だという。私と取り合っていた連絡に加えて、メモには私に見せていたゆきおの姿が詳細に書かれていたようだ。私は、秋野ゆりこの話が終わる頃には、家中のティッシュがなくなるほど涙を流していた。信じていた、ゆきお。心の底から愛していた、ゆきお。結婚を夢に生活していた、私。さくらより儚《はかな》い散り方をする私を身体で感じた。いますぐ、ゆきおに聞きたい自分と、何も聞かなかったことにして、これからも一緒にいたい気持ちが入り混じる。

「気持ち、整理できないだろうけど。これが現実。あなたに早く伝えたくて。あなたのためにも、ゆきおのためにも、別れてほしいの。ゆきおは……多分あなたに気持ちはなくて、でも自分がいなくなったら本当に死んじゃうんじゃないかって……そういう気持ちなはず。でも、あなたは一人でも大丈夫よね？　私、ゆきおと幸せになりたいの。幸せな家庭を築きたいの。勝手だけど」

勝手すぎる。そんな気持ちでいっぱいだった。私だけ、別の世界で息をしているような、世界に置いていかれてるような気持ちで耐えられなかった。

「とりあえず、今日はお帰りください」

秋野ゆりこにこれを言い放ってからのことは、記憶にない。

次に記憶が戻ったのは、次の日の朝方だった。太陽より早く目覚めると、隣には私の知ってるゆきおが寝ていた。寝落ちしちゃったのか、顔には眼鏡が引っかかっていた。眼鏡をそっとサイドテーブルに置いた。ゆきおの優しい顔を見ていると涙が溢《あふ》れて止まらなかった。

私の彼氏のはずなのに、どうしてこんなに遠くに感じるのか。触れているはずなのに、どうしてこんなに安心しないのか。やっぱり現実だったのかと、身に染みて感じた。そっとゆきおの肩に顔を寄り添わせた。ゆきおの香りが幸せな時間を語り出す。

「はぁ。ゆきお。嘘だと言って」

するとゆきおが起きた。

「お、カオリ。もう起きたの？　どう体調は？」

慌てて私は涙を拭いた。

「あ、ごめん。起こしちゃったね。なんか目覚めちゃって」

「どした？　なんかあったの？」

優しいゆきおの声に、私には秋野ゆりこの言葉が全部全部嘘に聞こえてくる。あんな人が言ったこと、嘘だ。同姓同名の違う人だ、と自分を頷《うなず》かせた。

「ゆきおはゆきおだよね？　私たちずっと一緒だよね？」

この質問が精一杯の私の力だった。

「カオリ、ダメだよ。もう前向きな。ちゃんと見守ってるから」

「え？　どゆこと？」

泣きながら、泣きながら、私はゆきおの肩を揺さぶった。揺さぶれば揺さぶるほど、ゆきおの感触が消えていく。目の前からゆきおが、消えていく。私は涙しか方法のない自分が悔しくて、声の出ない喉が憎らしくて、自分を嫌いになった。

＊＊＊

「カオリさん、カオリさん？　おーい」

野太く、渋い声が耳に響いてきた。私は重い瞼《まぶた》に力を入れ、光が見える景色を見た。そこには白衣を着た頭を輝かせた中年おじさんがいた。どっからどう見ても、医者か研究者だ。

「起きましたか」

「ここは？」

「また忘れちゃいましたか。はっはっは。困ったねぇ。ここはね、精神科病院ですよ」

ここが現実世界？　私はすんなり納得できた。今まで彷徨《さまよ》ってきた世界とは明らかに身体の重みが違う。

「カオリさん、今回は12年間も眠っていましたよ。深い深い眠りでしたね。僕もだいぶ老けちゃいましたよ」

輝く頭の先生は笑いながら、眼鏡のずらしを直していた。

「私、なんでここに？」

「カオリさんはね、32年前にここに来たんですよ。好きな人と別れたショックでね。最初は眠れないってことで通院してもらっていたけどね。今度は、眠くて仕方ないってことで。最初は治療のために入院してから5年間目覚めなかったんですよ」

「そんな前？　じゃあ私はいま一体何歳なんですか？」

「いまカオリさんは56歳。でもね、寝ているあなたに老いは訪れない。姿は24歳のままです」

「私は好きな人と別れたショックでこうなってしまったんですか？　そんなに誰を好きだったんだろう」

　私はポソリと自分に問いかけた。

「忘れちゃいましたか。まぁもう32年前ですからね。仕方ないですね」

「えぇ。記憶がなんにもなくて」と顔を上げると、その医者のネームタグには、〝仙鳥ゆきお〟と太文字で書かれていた。私は全身に驚きと鳥肌を感じた。私、まさか。

　きっとそう。私は32年前、この目の前にいる医者、仙鳥ゆきおに恋していた。そして私はフラれた。記憶はこちらから問いかけるとどんどん扉を開いていく。私は仙鳥ゆきおとの幸せだった生活を何度も何度も夢で見ていた。現実を受け入れられなかったはずだ。なぜだろう、現実に戻った仙鳥ゆきおにはなんの魅力もなんのトキメキも感じなかった。なぜ、好きだったのだろうと問いかけたいほどだ。私は馬鹿らしくなった。

「ぷぷぷっ」

自分に自分で笑えてくる。あの男のせいで、こんなに精神的に傷つき現実世界に背を向けていたなんて、なんてもったいないことをしていたんだろうと。そこに、看護師がやってきた。

「お久しぶりのおはようですね、カオリさん。もう冬ですよ〜。冷えてきましたね、さぁ、点滴交換しますね」

今度は中年のおばさんが点滴を換えにきた。小太りながら色気のある看護師さんだった。

私は窓の外を眺めながら、現実の景色を楽しんだ。

「ありがとうございます」

「はい、点滴新しくなったのでまた具合悪くなったらすぐナースコールしてくださいー」

優しい声で私を包んだ、ふと顔をあげると胸元のバッジには、〝秋野ゆりこ〟の5文字。

全てが繋がった。


私は翌日、病院を脱走した。あの場で記憶が全て戻るのが怖かった。これでいいんだ。あの時大恋愛していた記憶はそっと頭の片隅に整理してしまった。そして私は生まれ変わる、今日から。だって、私は生きてる。

オリジナルはこんな物語です

## 本谷有希子『生きてるだけで、愛。』（２００６年）

「過眠。メンヘル。二十五歳」という主人公の寧子《やすこ》は、学生時代にエキセントリック子（略してエキ子）というあだ名を付けられるくらい、躁《そう》鬱の波が激しい。合コンで知り合った雑誌編集者の津奈木《つなき》となりゆきで同棲を始めて3年、バイトも辞めて引きこもり気味の生活を送っていると、津奈木の元恋人という女性が現れます。津奈木との復縁を目指す彼女は、寧子に津奈木のもとを出ていくよう激しく迫ります。

「ふつうの『恋愛小説』の枠から、かなりはみ出ている」（文芸批評家・仲俣暁生さん）作品でありながら、関係性のあり方の本質が浮かび上がってきます。カレンさんの作品がＳＦ的な味つけなのに対し、本谷さんの作品は25歳の女性の現実に即して描かれています。

# おわりに

このページまで辿《たど》り着いてくださり
ありがとうございました。

いかがでしたか？

なんてことは聞きません。

題名は馴染み深いはずなのに
きっと全くの記憶もかすらない馴染みなきお話に目と時間を使ってくださり
ありがとうございました。

そしてここまで読んでいることに

感謝しかありません。

書いてきた物語たちには
考えてるその日の気持ちや音などが今でも
清々しく思い出せます。

自分がグッと来ながら書いていた瞬間
楽しくて仕方ないと思いながら書いていた瞬間。

それは私にとって物語のようで
現実のような瞬間たちでした。

散々な文字だったり、展開の強引さだったり
私の頭の中の散らかった部屋を見られた気分ですが（自分から出したくせに）
この物語たちが一つの姿になったことを心から感謝します。

そして限りなく寄り添って読んでくださった方にも感謝いたします。

この本の存在は数時間後忘れていただいて構いません。

だって一度でもどなたかの脳を

通させていただけたことが奇跡なのですから。

またいつか記憶で出会える日まで。

本書はウェブサイト「好書好日」（朝日新聞社）の連載「滝沢カレンの物語の一歩先へ」に書き下ろしを加えて再構成しました。オリジナル作品の解説は同社の加藤修さん、野波健祐さん、吉野太一郎さんが執筆しています。
扉絵は絵本作家の岡田千晶さんによるものです。

著者略歴

1992年、東京生まれ。2008年、モデルデビュー。現在は雑誌「Oggi」の専属モデルを務めるなど活躍している。「沸騰ワード10」「行列のできる相談所」「全力！脱力タイムズ」などテレビ出演も多数。朝日新聞社のウェブサイト「好書好日」で「滝沢カレンの物語の一歩先へ」を連載中。著書に『カレンの台所』。

ハヤカワ新書　003

馴染《なじ》み知《し》らずの物語《ものがたり》

二〇二三年六月二十日　初版印刷
二〇二三年六月二十五日　初版発行

著者　滝沢《たきざわ》カレン
発行者　早川　浩
印刷所　中央精版印刷株式会社
製本所　中央精版印刷株式会社
発行所　株式会社　早川書房
東京都千代田区神田多町二ノ二
電話　〇三 - 三二五二 - 三一一一
振替　〇〇一六〇 - 三 - 四七七九九
https://www.hayakawa-online.co.jp

ISBN978-4-15-340003-0 C0293

## 「ハヤカワ新書」創刊のことば

誰しも、多かれ少なかれ好奇心と疑心を持っている。そして、その先に在る納得が行く答えを見つけようとするのも人間の常である。それには書物を繙いて確かめるのが堅実といえよう。インターネットが普及して久しいが、紙に印字された言葉の持つ深遠さは私たちの頭脳を活性して、かつ気持ちに余裕を持たせてくれる。

「ハヤカワ新書」は、切れ味鋭い執筆者が政治、経済、教育、医学、芸術、歴史をはじめとする各分野の森羅万象を的確に捉え、生きた知識をより豊かにする読み物である。

早川浩